Gian Antonio Stella

La bambina, il pugile, il canguro

Rizzoli

ISBN 978-88-17-01987-3

Prima edizione: novembre 2007

Fotocomposizione: Studio Editoriale Littera, Rescaldina (MI)

La bambina, il pugile, il canguro

1
Pugnin pugnin pugnela...

Il nonno pugilista prese tra le mani enormi la bambina e ciondolò fino alla finestra per guardarla alla luce della luna, che si stagliava immensa dietro un olmo. Scostò con un dito la copertina che l'avvolgeva per vedere meglio il viso. «A me» disse «sembra la più bella di tutte.» Valentina si girò dall'altra parte e riprese a piangere, affondando la faccia nel cuscino. La madre, seduta sulla sponda del letto, le posò una mano sulla spalla, voltandosi verso il marito: «Piantala, Primo».

Era una vita che lo chiamavano Primo. Il papà, un istriano di Portole, l'aveva segnato all'anagrafe col nome imposto dalla tradizione della famiglia Babich, dove da sempre a ogni Todaro seguiva un Giusto e a ogni Giusto un Todaro. Così che fosse chiaro, dai richiami al martire triestino e al santo serenissimo che svetta sulla colonna davanti al palazzo Ducale accanto al Leone di San Marco, come quel cognome suonasse sì slavo ma loro tutti, «da secoli e secoli», si sentissero di appartenere a Venezia quanto la pelle stessa strappata dai turchi a Marcantonio Bragadin. A lui era toccato appunto di essere battezzato Giusto. Ma per tutti, da quando era piccolo, era Primo.

Piccolo, veramente, non era mai stato. L'ostetrica, un donnone di Gologorizza dagli zigomi alti e dalle gote di un rosso ciliegia, era andata avanti per anni a giurare con le amiche, «davanti alla Beata Vergine e ai santi Cirillo e Metodio», che lei non aveva mai fatto nascere un bambino più grosso: cinque chili e otto! E via via, col passare del tempo, aveva preso ad aggiungere etto su etto fino a sfondare i sei chili e poi i sette e poi gli otto; così che a un certo punto i compaesani la prendevano in giro: «Quanti quintali era quel neonato, Mevla?».

Lui, crescendo, ci aveva messo del suo per dar corpo, letteralmente, alla leggenda. Tanto che a tredici anni, quando già poteva caricarsi senza fatica sulle spalle uno scrittoio, non gli andavano più bene neanche le scarpe dello zio Andreino che, a dispetto del diminutivo, era stato fino ad allora, col suo metro e ottantaquattro, il gigante della stirpe.

Fu così che, appena nei cieli di Nuova York apparve l'astro di Primo Carnera, il «monumento umano» che abbatteva gli avversari schiaffeggiandoli coi guantoni e in certe foto grondava di nani appesi all'enorme collo taurino per il vanto della maschia Italia fascista, avevano smesso tutti di chiamarlo Giusto per ribattezzarlo definitivamente Primo.

Il nomignolo, all'inizio, non gli era piaciuto tanto. Ma col tempo l'aveva sentito sempre più suo. Specialmente dal giorno in cui aveva trovato in casa una copertina della

«Domenica del Corriere» disegnata dal grande Achille Beltrame che mostrava il colossale boxeur mentre con una mano sola (una mano sola!) tirava su una macchina cappottata per sfilarne da sotto i passeggeri feriti. La didascalia l'aveva conficcata per sempre nella memoria: «Dal pugilato al... pronto soccorso. Un salvataggio non comune ha compiuto Primo Carnera a Hollywood. Il campione del mondo, senz'altro aiuto che la sua forza, ha sollevato un'automobile che s'era ribaltata dopo uno scontro e ne ha estratto i quattro passeggeri feriti. Compiuto il generoso gesto, l'italiano si allontanava tra gli applausi degli accorsi». Col passar degli anni si era anzi così affezionato al soprannome che quando doveva presentarsi col nome anagrafico, per esempio allo sportello delle poste, si sentiva in dovere di precisare: «Babich Giusto. Detto Primo».

«Ha qualcosa della luna» disse il vecchio, seguendo col mignolo, nel chiaroscuro, il viso tondo tondo della nipotina, che in braccio a lui pareva ancora più fragile e minuta. Gli venne in mente, chissà come, una vecchia filastrocca:

Vedo la luna, vedo le stelle
vedo Caino che fa le frittelle
vedo la tavola apparecchiata
vedo Caino che fa la frittata.

Lontano, squarciando il ronzio sereno delle cicale, partì prepotente il canto di un gallo. La bambina riprese a piangere. Si aprì la porta, entrò un'infermiera ossuta e spilungona dall'aria volgare, accese meccanicamente la luce, abbagliante, tolse la piccola dalle braccia del nonno e la offrì, con la naturalezza spiccia di chi ha ripetuto mille volte il gesto, alla madre.

«No» disse lei girandosi dall'altra parte, la faccia al muro.

«È tua figlia...» sbuffò l'infermiera.

«No. La prego, no...»

«Deve mangiare...»

«No. Per favore, no...»

«Non posso darle la tetta io.»

«Per favore...»

«È carne tua... Non è mica colpa mia se ti è venuta così... Capita.»

«Per favore...»

Il gallo cantò di nuovo. Più volte. La donna chinò la testa sul fagottino, tirò su col naso, fece una smorfia: «Questa qui l'ha fatta. Va cambiata». Allungò un braccio per scuotere la puerpera in lacrime: «Non sono pagata per stare qui per te, principessa. Ci diamo una mossa?».

Primo, che era rimasto lì, di spalle davanti alla finestra, enorme e immobile come un tronco, ondeggiò. Piombò sull'infermiera, le strappò la piccola dalle braccia, le piantò a un millimetro dal naso un pugno smisurato, cavò da dentro una voce cupa: «Lei... Lei...». Faticava a dominarsi. «Ma come parla? Cosa dice? Come può fare questo mestiere, una donna come lei?»

La nonna si affrettò a prendere la nipotina dalle mani del marito mentre l'infermiera arretrava muta e spaventata verso la porta, girò intorno al letto e si avvicinò alla finestra. La luna stava ormai calando. Guardò le manine quasi violacee della piccola, canticchiò la nenia veneta di quando era bambina e giocava coi fratelli, intorno al tavolo, ad accavallare i pugni di tutti uno sopra l'altro come una torre:

Pugnin pugnin pugnela
dove xè la casatela
el gato la gà magnà
dove xè el gato
su pa' 'e scale
dove xè le scale
el fogo le gà brusà
dove xè el fogo
l'aqua lo gà smorsà...

Si passò il dorso della mano sugli occhi per asciugare una lacrima. Le si fermò il respiro all'idea che forse quella sua bambina non sarebbe mai riuscita a imparare neanche una filastrocca così facile. Alzò gli occhi dolenti verso il marito: «E adesso, Primo?».

Lui restava lì, piantato davanti al letto, senza dire una parola. Per correre in ospedale si era messo il vestito buono, con la giacca di flanella comprata da Vittadello, la camicia bianca e la cravatta che gli avevano regalato i colleghi il giorno della pensione. Uscendo, si era ricordato della spilla del «Circolo Pugilisti Pasqualino "Saetta" Bernasconi», aveva rovistato nei cassetti fino a ritrovarla e se l'era infilata all'occhiello. La moglie, quando era arrivato nella sala d'attesa di ostetricia, era scoppiata a ridere nervosa: «Sito mato? Co' 'sto caldo!». Lui aveva risposto che no, «non capita tante volte nella vita di diventare per la prima volta nonni». Era un giorno solenne. Da vivere con solennità.

La moglie, stremata dall'attesa, era rimasta tutto il tempo a fare e disfare con l'uncinetto un centrino color acquamarina con un fior di pesco. Tesissima.

«Cosa c'è, Nora?»

«Non so.»

«Problemi?»

«Non so.»

«Cioè?»
«Non so.»
Finché, finalmente, erano stati informati. L'avevano detto a lui, per primo. Forse perché, con quelle spalle larghe come un trumò, dava l'impressione di poter resistere a tutto, proprio come quelle pioppe gigantesche della campagna friulana che vibrano appena sotto la tormenta. Era sempre andata così, fin da quando era bambino. Come la volta che, su al paese, era stato incaricato di portare lui in famiglia la notizia che il nonno Giusto era scivolato sotto una ruota di ferro del carro di Zaccaria, mentre lo spingeva stracarico su per la rampa del fienile strattonando il morso del cavallo sotto il diluvio di un improvviso acquazzone estivo: «Oh! Bestia! Oh! Bestia!».

Aveva ancora nelle orecchie lo schiocco delle vertebre spezzate, l'urlo soffocato del vecchio, la disperazione delle donne che accorrevano trafelate buttando via i rastrelli, l'intimazione asciutta del Valente Giuricin: «Mulo, corri a casa e avverti che sta morendo il nonno».

Se lo ricordava bene, quel giorno. Era il 26 aprile, un lunedì fiacco seguito alla festa di San Marco e a quella patronale di San Giorgio che in Istria (dove si celebrava con un giorno di ritardo) era veneratissimo da una lontana notte del Trecento in cui due pescatori piranesi sorpresi da una spaventosa tempesta erano stati salvati dal santo che, improvvisamente apparso, aveva sguainata la spada e domato la burrasca come un tempo aveva ucciso il drago.

La primavera è spesso precoce, in Istria. Lui stesso come tutti i bambini aveva mandato a memoria l'antico adagio: «Per san Zorzi / ga la spiga tuti i orzi». A San Giorgio han la spiga tutti gli orzi. Mai, però, era arrivata precoce come quell'anno, spingendo i contadini a chiamare l'Ippolito «Segantin» e la sua squadretta di falciatori, povera gente che dormiva in fienile, con almeno tre settimane di anticipo. C'era un sole stupendo, quel giorno. Un caldo anomalo e asfissiante. Quando era tornato indietro, esausto, dopo aver dato l'allarme, l'aveva colpito il rivolo di sudore sulla tempia del nonno. E una voce alle sue spalle che diceva: «Dio, che caldo... Mai visto uno morire sudando». Erano tutti in lacrime, lui no. Ciglio asciutto.

Tanti anni dopo, era ancora grato in cuor suo al padre che gli aveva fatto assistere alla morte del nonno Giusto, che «così si sarebbe sentito meno solo». Tutti insieme intorno al letto sul quale l'avevano adagiato. Non glielo aveva imposto di assistere. L'aveva dato per scontato. Era sempre stato così, in famiglia. Non c'era stato bambino che non avesse vissuto gli ultimi soffi di vita di chi se ne andava. Così che capisse presto che «la morte e la vita sono sorelle proprio come sono fratelli l'autunno e la primavera, e non ci sarebbe morte senza la vita e non ci sarebbe vita senza la morte».

Il medico di turno era un lungagnone pallido con la testa piccola e gli occhialetti tondi di tartaruga. Dopo averli sfilati, li aveva inumiditi con l'alito e, estratto un fazzoletto candido, aveva proceduto a una meticolosa pulizia delle lenti come cercasse di guadagnare tempo. Primo si era sentito sbandare.

«Lei è il nonno?»

«Sì.»

«E il padre?»

«Non c'è.»

«Non è venuto?»

«No.»

«Ah...»

«È fatto così.»

«Lo sapeva?»

«Cosa?»

«Del parto.»

«Ovvio.»

«E niente?»

«Niente. Insomma, beve. Sarà steso ubriaco da qualche parte.»

«Senta, signor...»

«Babich.»

«Slavo?»

«Italiano.»

«Credevo...»

«Italiano.»

«Scusi. Signor Babich, abbiamo un problema. Un grosso problema.»

«Cioè?»

«Non so come dirglielo... Insomma... La bambina è down.»

Il colpo l'aveva centrato come il «chopper» di Jack Slack il Macellaio che stese il grande Jack Broughton. Ogni tanto, per anni, ci avrebbe ripensato: come gli era venuto in mente, quella sera, il colpo a mannaia di Jack il Macellaio? Perché, di tutti i colpi omicidi nella storia del pugilato, proprio il «chopper» di Slack? Era sporco, ecco perché gli era venuto in mente. Un colpo sporco. Quasi quanto quello di John Jackson il giorno in cui, sotto gli occhi distratti dell'arbitro, aveva scaraventato a terra quel genio di Daniel Mendoza, ai tempi in cui combattevano ancora senza guantoni, afferrandolo per i capelli che l'ebreo britannico portava vezzosamente lunghi. Colpi sporchi. A tradimento.

Si era slacciato la cravatta, sbottonato il colletto.

«Mongolina?»

«Down» aveva precisato il medico. «La piccola è affetta dalla sindrome di Down.»

«Mongolina...»

«Vedrà che col tempo le parole mongolina o mongoloide daranno fastidio anche a lei. Voglio dire, più ancora di quanto lo diano a me.»

Nora, saputa la cosa, era rimasta impietrita. «Me la sentivo.» Aveva passato nove mesi a piangere, durante la gravidanza. Ce l'aveva col genero che per il vino si era giocato già due posti di lavoro e chissà in quel momento dove si era imbucato a bere. Ce l'aveva con la figlia, che prima si era scelta quel marito sbagliato soprattutto per fare un dispetto al padre che lo disprezzava e poi era rimasta incinta e aveva prese per buone le rassicurazioni di un medico che le aveva garantito come fosse «del tutto superfluo» fare dopo l'ecografia anche un altro esame più approfondito: «Un'amniocentesi? Ha trent'anni, sta bene, che problema vuole che ci sia?». Ce l'aveva col dottore del quale troppo tardi aveva scoperto un paio di denunce penali perché, da obiettore di coscienza legato con fede febbricitante all'Opus Dei, non aveva detto tutta la verità ad altre due ragazze destinate ad avere figli disabili.

Le ronzava nelle orecchie la risposta avuta quando aveva insistito perché la figlia facesse queste benedette analisi supplementari. Aveva letto da qualche parte che un bambino su ottocento nasce affetto dalla sindrome di Down e che il rischio aumenta in progressione quando la donna, come nel caso di Valentina, ha già passato da un po' la trentina. Voleva sapere, sapere, sapere. Il ginecologo, spazientito, era stato irremovibile:

«Mi dispiace, non insista: sua figlia non rientra per legge nelle categorie a rischio».

«Per legge?»

«Per legge.»

«Non capisco come la legge...»

«Ci sono dei parametri... procedure... Si fidi.»

Valentina non aveva neanche voluto vederla, la figlioletta. Bastonata dalla notizia, fiaccata dall'anestesia imposta dalla necessità del taglio cesareo dopo ore di inutili sofferenze, si era strappata la flebo dal braccio e, tirate le lenzuola sulla faccia e buttati fuori tutti dalla stanza, si era abbandonata a un pianto così disperato che, diceva la caposala, avevano telefonato giù per sapere cosa succedeva perfino da ortopedia, che stava al piano di sopra. Quando la madre, finalmente, era riuscita a sedersi silenziosa su un angolo del letto, la ragazza aveva detto solo, gli occhi fissi su un chiodo alla parete: «Per un punto Martin perse la cappa». Così ripeteva, stordita: «Per un punto Martin perse la cappa».

«Cioè?» aveva chiesto Primo, che non capiva.

«Cromosomi,» gli aveva risposto Nora, reduce da un'attesa chiacchierata coi dottori «è una cosa complicata. Ho capito solo che la bambina è nata con quarantasette cromosomi invece di quarantasei. Uno in più.»

«E basta un cromosoma...»

«Uno. Uno solo.»

«Ma cosa sono questi cromosomi?»

«Boh...»

«E adesso?»

«Adesso cosa?»

«Se Valentina non... Cosa facciamo?»

«Cosa vuoi che facciamo? Se Valentina la rifiuta, la teniamo noi.»

«Noi?»

«Noi.»

«Alla nostra età... Io con l'asma, tu con la sciatica...»

Verso l'alba erano ancora lì. A darsi il cambio sull'unica poltrona rossa di similpelle. Entrò di nuovo, brusca e ostile, l'infermiera ossuta. Accese la luce. Mostrò a mezz'aria la penna biro.

«Sulla cartella clinica cosa scrivo?»

«Lo chiede a noi?»

«Il nome della bambina.»

«Loredan. Il padre di cognome fa Loredan.»

«Cognome. E il nome?»

«Non so,» rispose Nora stremata «non abbiamo ancora...»

«Letizia» disse Primo. «Si chiamerà Letizia.»

«Il nome giusto...» ironizzò acida l'infermiera.

«Sì,» rispose fiero il vecchio «si chiamerà Letizia.»

2
La sassata

La prima sassata, nel sonno profondo, la sentirono appena. La seconda svegliò Nora di soprassalto. Alla terza si scosse anche Primo, che si precipitò alla finestra e tirò su la tapparella proprio nel momento in cui arrivava un mattone. Il vetro andò in pezzi e le schegge si irradiarono da tutte le parti, mentre il vecchio istintivamente scartava di lato. Nella palazzina di fronte si accesero un paio di luci. Poi altre ancora.

Dal cortile salivano urla scomposte. Il vecchio si affacciò, guardò giù, gli sembrò di riconoscere nel buio la sagoma di Nevio, il marito della figlia. Impugnava per il collo un bottiglione, faticava a reggersi in piedi, si sbracciava con ampi gesti plateali e ripeteva con la voce impastata: «Chi l'ha deciso, ah? Chi l'ha deciso?».

«Non urlare, perdio! Arrivo! Non urlare! Arrivo!» gli intimò Primo. Guardò l'orologio, erano le tre di notte. Si infilò una giacca da casa e così com'era, in pigiama, uscì sul pianerottolo per scendere di sotto. Davanti alla porta c'era l'Irma, la vicina, con l'aria bellicosa e i pugni piantati sui fianchi:

«A parte il sonno, la cagnara e tutto il resto, i vetri miei chi me li paga?».

«Ha rotto anche il suo?»

«Due. Due vetri, mi ha rotto. Dove l'avete trovato, quell'ubriacone?»

«Lasciaci perdere, Irma. Lasciaci perdere. I vetri te li paghiamo noi.»

«E le scuse?»

«Te le chiedo io per lui.»

Aperto il portoncino e uscito in cortile, si fiondò sul genero e lo prese per il bavero:

«Un altro urlo e ti spacco tutti i denti».

«Non puoi...»

«Intanto te li spacco, poi vediamo.»

«Ti denuncio alla polizia. Anche ai carabinieri ti denuncio. Anche ai vigili...»

«Vieni su, Dio santo... Non mi far bestemmiare. Perché non hai suonato il campanello? Posso sapere perché?»

«Non c'è il nome Babich.»

«Vuoi che te lo mostri?»

«Non l'ho visto.»

Era inutile discutere. Strappato il bottiglione dalle mani di Nevio, che protestava ormai senza troppa convinzione, prese il genero sotto l'ascella e lo strattonò su per le scale reggendolo perché non scivolasse a ogni gradino. «Gesù, quanto puzza!» disse Nora, aiutando il marito a trascinarlo in casa sotto gli occhi fiammeggianti dell'Irma, che assisteva sdegnosa alla scena a braccia conserte: «Avvinazzato...».

Richiusa la porta, aiutarono l'ubriaco a sedersi su una poltroncina: «Allora?». Macché. Neanche il tempo di posare la testa e quello, la bocca spalancata, russava come un rimorchiatore. «Senti che alito...» sospirò Primo. «Come fa uno a ridursi così, a poco più di trent'anni?» si chiese la moglie.

A vederli lì in piedi, in pigiama, davanti al genero sbronzo e sprofondato nell'incoscienza, gli occhi pesti per i tanti giorni di angoscia e il sonno appena interrotto, sembravano una coppia ancora più strana del solito. Lui, alto due metri, i capelli bianchi tagliati corti sulla nuca, il collo largo, gli occhi un po' bovini, il naso schiacciato di chi in gioventù aveva tentato invano la fortuna come pugile (o meglio «pugilista», nel linguaggio del suo antico maestro di boxe Sante Calderaro, imbevuto di miti e parole d'altri tempi), pareva appunto un grosso tronco nodoso.

Lei, piccolina, grassottella, le guance che si infiammavano al minimo imbarazzo, era una veneta del basso Piave che somigliava come una goccia d'acqua a Giulietta Masina. E come la Gelsomina de *La strada* aveva sempre tenuto i capelli corti tagliati un po' così, decisa a non dare mai alcuna importanza a certe cose.

Primo, dopo alcuni anni di navigazione sui mercantili e il resto della vita al laminatoio della Ferriera di Servola, era in pensione e dava solo saltuariamente una mano a un vecchio amico che faceva traslochi. Nora tirava su qualche soldo, per arrotondare, facendo la sarta. Orli ai pantaloni, piccoli rammendi... cose così. «Niente di importante,» si schermiva «se dovessi fare un vestito da sera o un tailleur elegante non saprei da dove cominciare.» Con le sagome ritagliate da «Burda» si era fatta un completino rosso scuro che metteva nelle occasioni buone. Più in là non era andata. Passava il suo tempo a metter ordine dove Primo lasciava il caos e a leggere con curiosità onnivora, posandoli e riprendendoli mille volte al giorno, i libri che Valentina, l'unica figlia, l'intellettuale della famiglia, seminava qua e là per le stanze.

A vederli insieme, rude e colossale lui, dolce e bassina lei, facevano l'effetto dello spropositato gigante Uranus e della ridente nana Simonette nel vecchio manifesto di un circo francese che avevano trovato su una rivista e attaccato con una puntina sul retro della porta del tinello. Non c'era giorno, da quasi quarant'anni, che non si accapigliassero in un battibecco sulle più banali delle cose quotidiane e allora lui ruggiva battendo terrificanti pugni sulla tavola finché lei lo quietava chiamandolo gelida con nome e cognome: «Basta, Giusto Babich!». A quel punto lui si alzava, se ne andava e brontolava sapendo di ferire la moglie perché la vecchia nonna era stata davvero una donnetta acida e cattiva: «Sei uguale a tua nonna Angelina». Al che lei ricambiava: «E tu cocciuto come tua mamma».

Mezz'ora dopo, smaltito il malumore, lui si ripresentava allegro facendo con le dita delle mani la mossa del granchio: «Croc croc.» Al che lei fingeva di arrabbiarsi di nuovo: «Primo! Primo!» «Croc croc.» E tutto sbolliva nel ricordo irresistibile della prima notte di nozze. Passata in una casa colonica di Santo Stino di Livenza nel letto ceduto agli sposini dalla zia Emma, prematuramente rimasta vedova. Più che un letto, in realtà, era un «pajon». E il materasso riempito di foglie secche di granturco, tra le risatine divertite di Primo («Croc croc...») e i rossori imbarazzati di Nora («Fa pian! Fa pian!»), aveva scricchiolato tutta la notte.

Bastava quel ricordo e ogni temporale si quietava. In attesa di nuove tempeste e subitanee schiarite: «Croc croc...». Via via che la passione si era spenta, era subentrata tra di loro un'affettuosa indulgenza. Al punto che tutti quelli che li conoscevano li citavano a esempio di come una coppia tanto assortita potesse dare vita a un matrimonio così saldo.

I due si chinarono insieme a raccogliere i vetri della finestra sparsi per tutta la camera, maledirono la vecchiaia e i dolori alla schiena, tolsero le lenzuola per sbatterle al balcone e liberarsi delle schegge più minuscole e invisibili, rifecero il letto, diedero un'ultima occhiata ostile al genero che russava di là, ignaro del mondo, e cercarono di riprendere sonno. Gli occhi incollati al soffitto. Il pensiero sempre lì.

Erano quindici giorni che Letizia era nata e dopo i primi tentativi di farla allattare dalla madre non era più uscita dall'incubatrice. Valentina era tornata a casa sua, un quartierino alle spalle dei giardini sulla strada che sale a Villa Opicina e si era chiusa a doppia mandata in un silenzio cupo. Le avevano detto, ancora nelle ultime settimane di gravidanza, che probabilmente si trattava di due gemelle. Così lei e Nora, prese dall'entusiasmo, si erano messe d'impegno a preparare un corredino doppio. Magliette e camicine, tutine e lenzuolini, scarpine e bavaglini. Tutto doppio. E siccome avevano letto da qualche parte che è bene per chi nasce con un fratello o una sorella uguali potersi riconoscere da subito diversi l'uno dall'altro, avevano fatto tutto rosa e fucsia, rosa e fucsia, rosa e fucsia.

Dimessa dall'ospedale, la ragazza non aveva più aperto la porta della cameretta dov'erano le due culle e dove aveva passato ore e ore a immaginarsi mamma. Le tapparelle della stanza non erano più state alzate. Le giostrine carillon stavano cominciando a coprirsi di polvere. E lei, dopo aver buttato nel cassonetto i vestiti premaman, si era messa in lutto stretto come certe nonne della Carnia, vestendosi di nero dai piedi alla testa, che copriva adesso con uno scialle nero che le dava un'aria antica. Avvertita la scuola dove insegnava lettere che sarebbe rimasta qualche tempo in malattia, aveva smesso di mangiare, smesso di far la spesa, smesso di lavarsi, di leggere, di tenere ordine, di pettinarsi.

Fumava e basta. Accanitamente. Decine di sigarette al giorno. E sempre di più, da quando aveva ripreso. La sera che Nevio era tornato finalmente a casa, sfatto dall'alcol, gli aveva aperto la porta e si era gettata di nuovo a dormire sul divano. Da quel momento, non gli aveva più rivolto la parola. Ogni tanto si faceva viva con la madre. Ma la piccola no, non aveva più voluto vederla. I due vecchi non sapevano cosa fare, con quella loro unica figlia avuta già avanti negli anni, quando ormai non ci speravano più. Primo passava a casa sua un paio di volte la settimana, nei momenti in cui lei non c'era, e le riempiva il frigo coi ragù e la frutta e le polpettine. Quando ripassava la volta successiva, trovava tutto come l'aveva lasciato, sospirava e portava via la roba vecchia per mangiarla lui e Nora. E lasciava nuovi ragù e nuove polpettine e magari anche del prosciutto cotto di San Dorligo. Inutilmente.

«Chi l'ha deciso, ah? Chi l'ha deciso?»

Primo e Nora si svegliarono di nuovo. Erano le cinque di mattina. L'inquilino del piano di sopra, esasperato, cominciò a battere il pavimento col tacco di una scarpa. Nevio, accesa la luce, aveva fatto irruzione nella loro camera e stava lì, in piedi davanti al letto, mulinando l'indice e urlando con la bocca impastata: «Chi vi aveva dato il diritto di chiamarla così, ah? Letizia! Mi prendete per il culo? Letizia... Chi credete di essere? Fanculo! Chi è il padrone di mia figlia, ah? Cazzo! Cazzo! Letizia. Cosa volete dirmi: che sono una merda? Voi e la vostra aria di superiorità morale! Fanculo!».

La sberla di Primo, in piena faccia, lo stese senza che avesse il tempo neppure di levar le braccia a proteggersi. Restò giù un tempo interminabile. E riprese a russare. Poi si scosse, si rialzò faticosamente aggrappandosi a un cantonale, si passò la mano sulla guancia, sbatté le ciglia cercando di aprire gli occhi. E cominciò a pisciare. «Nevio! Te la stai facendo addosso? Nora, questo se la sta facendo addosso!»

Lo prese per il colletto, lo trascinò in bagno, gli abbassò le braghe e lo piazzò sul water. L'ubriaco cominciò a piagnucolare. Spiegò che no, lui non ce la faceva a «tirar su una figlia mongoloide», che nella vita «ci sono gli uomini forti e quelli deboli» e a lui era capitato di nascere debole, che lui chiedeva perdono a tutti ma proprio no, lui non la voleva «questa figlia guasta», che lui era giovane e non poteva davvero sopportare l'idea di «passare la vita intera a dare la pappa a una deficiente».

«Ti rendi conto di quello che dici?»

«Non ce la faccio, non ce la faccio...» mugolava.

«Se sei un uomo responsabile...»

«Fanculo la responsabilità!»

«Un padre...»

«Fanculo la responsabilità, fanculo il padre, fanculo tutto!»

«Valentina...»

«Fanculo Valentina! No, no, no!»

Si rialzò dal water, si tirò su i calzoni, si annusò la camicia per sentire quanto puzzava, fece una risatina nervosa, borbottò «va bon, scusate, scusate» e filò via. Un'ora dopo, barcollando sulle gambe, girava per casa sotto gli occhi di Valentina ficcando la propria roba in un paio di borsoni: «Ti lascio tutto. Mi porto via solo lo stereo. Scusa». Valentina non disse una parola.

«Ti faccio avere un po' di soldi. Se posso. Non tanti, sai che mi va tutto storto, ultimamente.» Silenzio. «Non è colpa mia. Sono debole.» Silenzio. «Scusa.» Si tirò dietro la porta.

«Le chiavi!» gli gridò esausta la moglie mentre scattava la serratura. Lui riaprì, rimise dentro la testa, buttò il mazzo per terra, tornò a tirarsi dietro la porta.

3
Il falò di farfalle

«C'era una volta un Re, viveva in una terra al di là del mare e si chiamava Alfonso Theofilo Brown, ma tutti lo chiamavano Al Brown. Era un mezzosangue, un po' bianco e un po' nero (un po' più nero che bianco, veramente), ed era nato a Panama, nelle favolose Meriche, da una famiglia poverissima. Siccome il suo papà e la sua mamma non avevano da dargli da mangiare abbastanza, era cresciuto magro magro come un grissino. Il buon Gesù, però, gli aveva dato dei muscoli duri e tesi come le gomene di un veliero e due pugni così forti che se avesse voluto (ma lui era così buono che non lo avrebbe fatto mai) avrebbe potuto abbattere con un gancio un cavallo al galoppo. Lo chiamavano "il Ragno Nero" ed era il re dei pesi gallo. Pensa: un ragno nero re dei galli! Viveva in una reggia a Parigi circondato da maggiordomi, vestiva abiti eleganti e aveva una scuderia di cavalli. Ed era così forte che un giorno, proprio il giorno in cui era in cartellone un suo combattimento contro un francese che si chiamava Emile Pladner, fece una magia incredibile.

«Era a letto con una bronchite che gli aveva fatto salire la febbre a trentanove. Una mezz'ora prima dell'incontro si alzò, fradicio di sudore, con la maglietta incollata alla pelle e i suoi soliti calzoncini color viola mammola, e salì sul ring sputando l'anima a colpi di tosse. Quando gli misero i paradenti quasi non riusciva a respirare. "Tre minuti così," pensò "e muoio asfissiato." Allora, appena sentì il gong, si avventò come una tromba d'aria sul povero Emile e gli sganciò un pugno terrificante. Uno solo. Con tutta la forza che aveva. E quello andò diritto a nanna, con gli angioletti e gli uccellini che gli volavano sopra. Il Ragno Nero, reggendosi esausto alle corde con la testa che gli scoppiava, resistette appena il tempo necessario perché lo proclamassero vincitore. E mentre l'arbitro gli sollevava il braccio svenne. A nanna anche lui.»

«Ma che razza di favola è?» rise Nora entrando in quel momento. Primo, seduto su una sedia troppo piccola per lui, era chino sulla culla della bambina che lo guardava tranquilla, gli occhi spalancati.

«Non le so, le altre favole.»

«Ho capito, ma proprio storie di pugilato devi raccontarle?»

«Sono le uniche che conosco.»

«Ma va...»

«A lei piacciono.»

«Perché sei un bestione. Perché la diverti gesticolando e fai i versi...»

«A lei piacciono.»

«Tirala su, dobbiamo medicarla.»

Era una sofferenza medicare Letizia. Tre settimane dopo la nascita, e solo per l'insistenza dei nonni che non davano loro tregua, i medici si erano decisi a fare un controllo più serio. La piccola, nata di due chili e mezzo, era scesa a uno e mezzo. Un motivo, al di là del rifiuto di Valentina che aveva negato alla figlia il suo latte, doveva esserci. E c'era. Una malformazione cardiaca. Una specie di buco che univa i due atrii. Operata d'urgenza, pareva fosse spacciata. «Non credo passerà la notte» aveva sospirato il chirurgo, sfilandosi la mascherina verde.

L'aveva passata. E anche quella dopo e quella dopo ancora.

«La xè solo osi e oci, ma la vol vivere» diceva Nora sorridendo dello stupore dei medici. Solo ossa e occhi. Ma non mollava. Primo diceva che la sua piccola aveva dentro la forza di Jackie Graves, un formidabile incassatore che una sera a Minneapolis aveva affrontato un italiano che si chiamava Guglielmo Papaleo ma si era scelto il nome d'arte di Willie Pep ed era soprannominato «lo Stregone» per la magia di aver messo insieme novantuno vittorie consecutive interrotte solo da un pareggio. Per nove volte, quella sera, Jackie era andato al tappeto. E per nove volte, sotto lo sguardo via via più colmo di stupefatta ammirazione del pubblico, era riuscito a tirarsi su prima di darla vinta all'avversario e finire definitivamente ko.

Avevano dimesso la bambina, con un tubicino nel naso per alimentarla, solo dopo un mese. Mese che Nora aveva passato, giorno e notte, notte e giorno, al capezzale della nipotina. Concedendosi soltanto la «Settimana enigmistica» e qualche breve riposo su una sedia a sdraio da spiaggia che le aveva portato il marito. Tornando a casa solo per cambiarsi e lasciare a Primo enormi mastelle di bigoli e subioti col ragù e spezzatino di manzo che il marito doveva solo scaldare.

Quanto a lui, aveva impiegato quel mese trascorrendo ore e ore alla Biblioteca Statale che tutti, in realtà, continuavano a chiamare col vecchio nome di Biblioteca del Popolo. Leggere, a dire il vero, non aveva mai letto tanto. Aveva sempre preferito passare le ore libere a giocare a tressette con gli amici in un'osteria dalle parti della piazzetta Tor Cucherna. Ma dopo avere incassato la nascita della nipotina, si era messo in testa di imparare tutto, o almeno quasi tutto, sui down e sugli handicap. Per cominciare, si era rivolto all'unica «persona studià» che conosceva e sapeva frequentare la biblioteca, il professor Daniel Bolubeian. Un tipo magrolino dai capelli crespi, grigi e lanosi, che insegnava matematica in una media di Barcola e abitava nel palazzo di fronte al suo con la moglie Emma, come lui d'origine armena e non meno colta.

«Parta da Sparta» gli aveva suggerito Bolubeian, calcando sul gioco di parole. E da lì era partito. Dalle leggi di Licurgo che imponevano di sopprimere i neonati deformi o di buttarli in qualche burrone del monte Taigeto. Da un passaggio della *Repubblica* in cui Platone esortava gli ateniesi a non nutrire i bambini troppo deboli e i medici a curare «quelli che siano naturalmente sani di corpo e d'anima» e a lasciar morire invece «chi è fisicamente malato». Dalle antiche *leges regiae* romane che consentivano l'uccisione del figlio nato minorato fino al mito di Efesto, il dio greco del fuoco che la madre Era aveva rinnegato e scaraventato giù dall'Olimpo perché era storpio.

Il lamento nell'*Iliade* del dio sventurato, grato alla ninfa del mare Teti che con Eurinome l'aveva raccolto in mare, se l'era mandato a memoria parola per parola: «Ella malconcio e afflitto mi salvò quando dal cielo / mi feo gittar l'invereconda madre, / che il distorto mio piè volea celato; / e mille allor m'avrei doglie sofferto / se me del mar non raccogliean nel grembo». Se un piede storto bastava a far condannare un bambino, che pure avrebbe dimostrato di essere straordinariamente bravo a forgiare «fibbie ed armille tortuose e vezzi e bei monili», cosa potevano mai fare di un figlioletto ritardato?

E quale destino avrebbe avuto, Letizia, se fosse venuta alla luce ai tempi in cui i vichinghi buttavano i bimbi menomati ai lupi? O quando certi preti pensavano che i neonati disabili fossero stati concepiti nei giorni sacri dal Demonio stesso e sostituiti nella culla da streghe malefiche al posto dei figli sani e la Chiesa non accettava tra i suoi pastori chi aveva gravi difetti fisici perché, come diceva il Catechismo del Concilio di Trento, «la deformità ha qualcosa di ripugnante e questa menomazione può ostacolare l'amministrazione dei sacramenti»?

Sconvolto, se l'era ricopiata, quella frase, su un foglietto. E al ritorno dalla biblioteca, bellicoso, era andato dritto dritto a chiedere spiegazioni al pio professor Bolubeian: come poteva la Chiesa stessa rifiutare le creature più deboli, le più amate da Dio? Il vecchio armeno, che aveva una fede grande almeno quanto la sua cultura, sbandò. Si grattò la guancia, farfugliò qualcosa intorno agli errori degli uomini («anche i migliori, anche i migliori») finché si scosse: gli era venuto in mente qualcosa. Allungata la mano alla libreria e passato in rassegna uno scaffale scorrendo meccanicamente col dito tutti i volumi titolo per titolo, afferrò infine una piccola enciclopedia impolverata dalla copertina di cartone blu, sfogliò delicatamente le pagine e tirò un sospiro: «Ricordavo bene. Ecco qua».

Il libro era aperto su sant'Ermanno di Behringen. «Legga qua: Sanctus Herimannus Contractus. Cioè contratto. O se preferisce rattrappito. Così si chiamava: sant'Ermanno il Rattrappito. Era tutto storto, gobbo, incapace perfino di stare seduto. Faticava a camminare, faticava a respirare, faticava a parlare. Al punto che i medici dell'epoca lo avevano catalogato come un deficiente. Eppure è un santo. Un grande santo!» Chiuse il volume, tornò a posarlo e prese a tamburellare allegro con le dita sulla copertina: «Vede che la storia è sempre un po' più complessa di come appare? La storia è fatta di contraddizioni, caro Primo. Contraddizioni! Come poteva, uno come il nostro santo, essere sereno? Eppure, lo era. Creda a me: lo era».

Anche Letizia sembrava felice. Quando il nonno la tirava su, reggendola nel palmo di una mano sola, rideva. La posava e rideva. Le passava piano piano un batuffolo di disinfettante sulla ferita e, dopo qualche strillo di disperazione, tornava subito a ridere. La nonna diceva che era merito della Fata Allegrina, che era stata mandata dal buon Dio «per risarcirla di essere nata "quasi" perfetta» ed era arrivata con una grande carrozza carica di serenità. Primo, ma solo per giocare, diceva che era merito della Fata del Pugilato, che sta dalla parte dei perdenti e qualche volta concede a loro, e non a chi vince, il lieto fine. Fatto sta che Letizia aveva portato in casa un'aria nuova, quell'aria che avverti solo in certe giornate fresche di primavera quando si schiudono i tulipani. «Per me,» ripeteva il nonno «è la bambina più bella del mondo.»

Al battesimo non venne quasi nessuno. Non la sorella minore di Primo che il vecchio Todaro aveva chiamato Seconda, spiegando che lui non aveva tempo da perdere per cercare un nome da bambina. Non i fratelli e le sorelle di Nora, né il cugino con cui era cresciuta, né i vicini di casa. Di Nevio, il padre della piccola, neanche a parlarne. Andato via di casa per tornare a vivere a Caresana con la madre, una vecchia alcolista alla quale contendeva quotidianamente il vino, fiasco su fiasco, non si era più fatto vivo. E così, dopo aver ammucchiato i mobili da una parte per avere più spazio nel salottino, i pochi amici si ritrovarono malinconici a mangiare senza appetito una quantità enorme di polipetti e canocchie e capesante e crostini col baccalà che sarebbe bastata per il triplo dei presenti. Il professor Bolubeian e la moglie spinsero la loro gentilezza al punto di ingozzarsi controvoglia anche di leccornie mai amate. Valentina se ne stava in disparte, nel suo vestito nero, a fumare muta una Diana dopo l'altra.

Mancava anche il prete, il vecchio don Cristiano. Dopo la cerimonia, che aveva voluto fare all'una e un quarto del pomeriggio mentre tutti i suoi parrocchiani erano a tavola a casa loro perché «non si sa mai, sapete com'è, la piccola potrebbe disturbare», aveva chiesto a Nora con pelosa cortesia quanto avesse la bambina. «Tre mesi» gli aveva risposto la donna. E lui: «Ma come, signora, tre mesi? Tre mesi? E se fosse morta prima di essere battezzata?». Al che lei, arrossita fino a farsi paonazza, lo aveva piantato in asso con una rasoiata: «Non so, don Cristiano, forse sarebbe andata all'inferno. Forse, dopo averle già tolto tanto, il "suo" Dio spaventoso l'avrebbe scaraventata lì. Assieme a certi preti dal cuore di porfido. Come lei».

Letizia, tra le braccia di Primo, non smise un attimo di sorridere.

Un pomeriggio di metà dicembre, quando mancavano pochi giorni a Natale e le strade di Cittavecchia erano affollate dalle bancarelle del mercatino, Valentina caricò un mucchio di scatoloni sulla sua vecchia R4 verde e partì verso Monfalcone. Arrivata a Staranzano piegò a sinistra verso punta Sdobba. La foce dell'Isonzo era deserta. Il canneto di là del canale Quarantia vibrava, come i frassini in lontananza, sotto la bora. Alcuni cormorani se ne stavano ingobbiti al riparo della carcassa di un divano giallognolo trascinato a riva dalla corrente. Il mare in burrasca era di un colore marrone scuro, e i cavalloni si avventavano schiumando rabbiosi sulla spiaggia.

Si ricordò di come il nonno della sua amica Sonia, un pescatore di Sansego con la faccia rugosa tagliata da una profonda cicatrice lasciatagli da un cavo che si era spezzato tirando su una terebara quarnerina per spigole e boghe, le avesse spiegato che l'Adriatico, quando si infuria, sa essere un mare violentissimo. Più violento, proprio per i fondali bassi, di tutti gli altri mari «fatta eccezione forse per quello in tempesta alle Molucche». Le tornò in mente una vecchia preghiera dei marinai che imploravano la salvezza tra i tuoni e le saette:

Santa Barbara, san Simon,
Dio ne liberi de sto ton.
De sto ton, de sta sajeta,
santa Barbara benedeta!

Si ritrovò a piangere ripensando ai racconti sul Macic, il folletto col cappuccio rosso evocato dalle mamme per spaventare i bambini cattivi insieme col Manje njorgo, il fantasma delle rive che la notte appare alle donne come il cadavere di un caprone e adesca gli uomini assumendo le sembianze di un placido asinello che però, appena qualcuno osa montargli in groppa, comincia a gonfiarsi e gonfiarsi mostruosamente fino a disarcionarlo facendolo precipitare rovinosamente a terra.

Gironzolò per la spiaggia raccogliendo rami, canne e sterpaglie. Tirò fuori dalla macchina gli scatoloni, li ammucchiò sulla sabbia, li spruzzò con una bottiglia di alcol e ci buttò sopra un cerino. Niente. Riprovò. Niente. Cercò con gli occhi qualcosa per riparare il fuoco dalla bora, trovò una vecchia latta dei gelati Motta. Un minuto e le fiamme si levavano dal falò, morendo e riprendendosi a fiotti, sotto le folate di vento. Dai cartoni sventrati svolazzavano, avvitandosi nell'aria e restando un attimo sospese prima di essere trascinate via, farfalle di stoffa rosa e fucsia. Ruzzolò fuori una scarpetta di lana. La donna la raccolse, la gettò di nuovo nel fuoco.

Si sentiva stanchissima. Il freddo, a dispetto del falò, era insopportabile. Dall'altra parte del golfo, vide che a Trieste accendevano le prime luci. Chiese perdono a Primo e a Nora. Pensò che era ora. Posò il cappotto, depositò bene in vista il portafogli, controllò di avere lasciato nelle tasche la chiave della macchina per non creare ai genitori un disturbo in più ed entrò in mare. Il primo cavallone le strappò la sigaretta di bocca, il secondo la risucchiò via.

Quella sera, ignaro di quanto stava succedendo e lasciato solo a casa dalla moglie uscita a fare la spesa, Primo prese la nipotina, se la adagiò in grembo, le porse il biberon e cercò di convincerla a mangiare raccontandole di Carnera che «aveva le spalle più larghe del gigante Golia e le scarpe più grandi delle custodie dei violini e per andare a passeggio si era fatto un bastone con un giovane cipresso strappato dalle radici a mani nude e portava un cappello a cilindro così largo che il mago di un circo riuscì a metterci dentro sette conigli e ventisei colombi e aveva sempre tanta fame ma tanta fame che nel primo contratto da professionista fece scrivere che aveva diritto a mangiare a sazietà. Così pretese che fosse scritto: a sazietà. E così anche nel secondo e nel terzo contratto. E perfino in America, quando già era campione del mondo e aveva una Cadillac lunga sette metri, faceva scrivere nei contratti che aveva diritto a mangiare a sazietà».

Letizia, cullata dalla voce del nonno, succhiava tranquilla. Quando perdeva la presa del ciuccio, per tirare il fiato, pareva accennare subito al sorriso.

«Sei la più bella di tutte,» le diceva Primo «la più bella di tutte.»

Valentina fu ritrovata due giorni dopo sulla spiaggia di Lignano Sabbiadoro, in faccia all'isola di Martignano. Primo, quando lo chiamarono per riconoscerla, tremava come una foglia. Volle andare sul posto dove avevano trovato il corpo, riconobbe la punta della piccola penisola dove erano andati insieme tante volte, alla pensione Ines, quando la figlia era bambina. Era una giornata fredda ma stupenda, la bora aveva spazzato via ogni nuvola e il cielo era di un azzurro così pieno e intenso da sembrare irreale. Il mare si era calmato e sulla sabbia batteva un'onda leggera leggera. Al di là della laguna, dietro Marano, le montagne della Carnia coperte di neve avevano un profilo così nitido che pareva di poterle toccare. Si sedette sul bordo di una barchetta lasciata lì, piegata su un fianco, da qualche pescatore.

Ricordò quella volta che con Nora e Valentina avevano preso a nolo un pattino per andare a cercare conchiglie sull'isola e lui si era messo in testa di girare tutto intorno a Martignano e a un certo punto, rema rema, pareva che questa regata non dovesse finire mai e non sapeva più se fosse meglio andare avanti o tornare indietro e Nora si era innervosita dicendo che lei proprio non capiva «come una persona adulta potesse mettersi in testa di fare una cosa così stupida senza sapere esattamente quanto c'era da remare» e Valentina si era messa a piangere e come non bastasse il mare aveva cominciato a incresparsi e quando finalmente erano in vista dell'arrivo era scoppiato sopra le loro teste un tuono assordante e un attimo dopo era venuto giù il diluvio. Finché erano rientrati alla pensione così fradici di acqua che a un certo punto la bambina si era messa a ridere e dietro lei avevano finito per ridere anche loro. E lui, contento di avere riconquistato la famiglia, aveva sancito: «Stasera, pizza!».

Rimasta a casa da sola, disperata, Nora tirò fuori gli stracci, l'aceto, il sapone di Marsiglia e pulì i pavimenti. Tolse tutte le tende alle finestre, le risciacquò, le stirò ancora bagnate perché non facessero le pieghe. Lavò uno per uno i vetri. Rimise le tende al loro posto. Rovesciò l'armadio posando la biancheria e le camicie e i calzini e tutto il resto sul letto, riordinandoli, piegandoli e rimettendoli nei cassetti. Svuotò i ripiani della cucina e lavorò senza sosta di paglietta finché perfino un vecchio pentolino di alluminio non tornò a luccicare. Decise infine di recuperare la lana grossa di un vecchio maglione per farne una copertina per la piccola. Ogni tanto posava i ferri e si asciugava gli occhi.

Don Cristiano, questa volta, non fece storie: «Coi suicidi la Chiesa a volte sa essere misericordiosa». Ai funerali erano in sedici. Nora pensò che non era giusto andarsene così, senza che praticamente la città se ne accorgesse. Come è possibile che una vita intera lasci un segno solo in sedici persone? In fondo alla navata, girandosi un attimo durante il Requiem, riconobbe Alessio, i capelli arruffati e gli occhi gonfi, che tormentava tra le mani un fazzoletto. Sentì una fitta al ricordo di come lei e Primo, stupidi, avessero scoraggiato in tutti i modi il loro amore liceale e poi di nuovo quando ormai erano all'università. Non ricordava neppure più i motivi della loro ostilità. Stupidi. Se Valentina avesse sposato lui, forse...

Nevio non si fece neppure vedere. All'uscita, mentre portavano fuori la bara, Nora mise a fuoco un dettaglio che le tolse il fiato: non aveva mandato neanche un fiore. Niente. Arrossì di rabbia per aver fatto scrivere sull'unica corona di rose, gerbere, lilium e gladioli: «Tuo papà, tua mamma, tua figlia, tuo marito».

«Stupida. Non dovevo mettere anche lui, non dovevo.»

Letizia, forse perché aveva una straordinaria capacità di sentire le emozioni che non poteva capire o forse per un colpo di freddo, o le due cose insieme, vomitò tutto. La cambiarono in sacrestia mentre il prete, sotto una bora che piegava i cipressi, li aspettava accanto alla macchina tenendosi con una mano la stola e con l'altra il basco nero, che portava calcato in testa da quando era un pretino smilzo e aveva fatto la resistenza nelle valli del Natisone coi partigiani bianchi e devoti della Brigata Osoppo.

4
L'infelice felice

Il giorno del suo primo compleanno, Letizia ricevette un grande orso bianco di peluche e un girello di legno rosso con il quale schizzava da tutte le parti della casa mostrando un'irruenza tale da costringere i nonni a foderare uno per uno tutti gli spigoli dei mobili con tamponi incerottati.

«Buon segno,» disse il pediatra «di solito i piccoli down sono un po' orsi. Impacciati nei movimenti...»

Il giorno del terzo compleanno strappò entusiasta la carta che avvolgeva una giraffa di peluche urlando «affa, affa!» e fu portata a mangiare un gelato sulle Rive.

«Benino,» disse il pediatra «si vede che la

piccola fatica a parlare, però...» Ma il giorno del quinto compleanno, festeggiato con un coloratissimo pappagallo di stoffa, Primo e Nora avevano ormai chiaro che la nipotina non ce la faceva a stare al passo neppure degli altri bambini come lei.

Avevano letto da qualche parte che secondo Erik Kandel, uno scienziato avviato al Nobel, un giorno o l'altro sarebbero stati trovati dei farmaci capaci di curare i meccanismi del ritardo mentale. Avevano gioito alla scoperta che un giovane down napoletano era diventato un bravissimo pizzaiolo. Che un altro si era laureato in economia aziendale alla Bocconi. Che una ragazzina milanese aveva avuto dalla mamma le chiavi di casa già a otto anni e aveva fatto il liceo artistico e sapeva suonare la Nona di Beethoven e a una vecchia che le aveva raccomandato di passare col verde al semaforo aveva risposto secca: «Signora, lo so da quando avevo sei anni!». E insomma si erano illusi che la loro piccola, nel giardino dei «bambini incompleti», la definizione più tenera che avevano trovato, fosse meno incompleta possibile.

Non era così. Letizia aveva un mucchio di problemi. E via via che passava il tempo il distacco tra gli altri ragazzini e lei cresceva, cresceva, cresceva. Non riusciva a mettere a fuoco gli oggetti. Non riusciva a parlare, se non emettendo con grande fatica pochi suoni scomposti. Non riusciva a mangiare niente di solido. «È come se non avesse mai imparato che i denti servono a masticare» rispondevano gli specialisti via via consultati. Alla maestra della materna, la mattina, Primo consegnava la piccola con un thermos nello zainetto dove Nora aveva frullato il minestrone con un po' di formaggio.

Il sabato sera andavano tutti e tre a cena in una pizzeria alle spalle del borgo Teresiano. Sceglievano sempre lo stesso tavolo d'angolo, dove potevano chiudere la nipotina così che non scappasse in giro. La padrona alla cassa era gentile, aveva grandi tette materne, i capelli biondi cotonati, gli occhi verdi chiari, un filo di rossetto vermiglio sulle labbra e una voce squillante. Al loro arrivo si lasciava buttare le braccia al collo e gorgheggiava allegra: «Eccola, la nostra reginetta!». E faceva subito scongelare in cucina un po' di passato di verdura o del brodo con la pastina fina fina.

Una sera un vecchio cliente al banco, buttando giù un quartino di Terrano del Carso, guardò intenerito la piccola che beveva la sua cena e borbottò pietoso: «Povera bambina infelice...». Lei lo fulminò: «Perché infelice?». Quello si girò perplesso, il bicchiere a mezz'aria: «Cosa ho detto?».

«Ti ho chiesto: perché infelice?»

«Mi pareva...»

«Perché infelice? Guardala.»

E aveva ragione. Letizia rideva sempre. Ogni tanto il nonno, che col passare del tempo ne andava sempre più orgoglioso e girava con la sua immagine in una cornice calamitata celeste sul cruscotto della Fiat 124, tirava fuori montagne di fotografie e le mostrava a tutti. Letizia entusiasta in braccio a lui sugli autoscontri. Letizia entusiasta sull'altalena. Letizia entusiasta in spiaggia con la paletta e il secchiello. Letizia entusiasta tra le galline a casa di un cugino che aveva un po' di campagna. Letizia entusiasta su un sentiero bordato da cespugli di grosse more violacee. E poi Letizia entusiasta nella foto di classe e al parco giochi coi due figli dell'ingegner Boranga e sullo slittino rosso tirato dalla nonna.

La fotografia più bella, però, la scattò un sabato di maggio. Nel piazzale vicino alla Risiera di San Sabba era arrivato il Circo. Primo non ricordava neppure quale circo fosse, se quello di Vienna, il Medrano, l'Orfei o chissà cos'altro. Ricordava una lunga fila di grandi camion dai tubi di scappamento luccicanti e un immenso tendone rosso fuoco. Non aveva niente da fare, quella mattina. Rimasto lì a curiosare mentre tiravano le cime, tendevano la stoffa cerata e piantavano i picchetti, si era sentito chiamare: «Oeh, Primo! Primo!».

Era un omone grosso, spalle larghe, un po' stempiato, la canottiera impregnata di sudore. Sulle prime, mentre quello gli andava incontro cordiale con la mano tesa, non era riuscito proprio a inquadrarlo. Doveva avere la sua età. Naso schiacciato. Muscoli da camallo. Aria familiare. Ma dove l'aveva conosciuto?

«Torcello, settembre 1960.»

«Natalino! Ma guarda: Natalino Cunego!» Di colpo aveva ricordato tutto. Tanti anni prima, il suo «circolo pugilisti» intitolato a Domenico Bernasconi detto «Pasqualino», un comasco che era diventato immensamente famoso mandando due volte al tappeto Al Brown, aveva organizzato una gita in pullman a Venezia.

Erano i primi di settembre del 1960, lungo il viaggio avevano parlato solo di Duilio Loi che aveva appena conquistato il mondiale contro il portoricano Carlos Ortiz (per questo si ricordavano la data, per questo) e dopo i soliti giri a San Marco e a Rialto avevano preso tutti insieme il vaporetto per Torcello, decisi a rendere omaggio a un luogo sacro della boxe. L'antico Ponte del Diavolo, bellissimo e senza parapetto, che scavalca lo stretto canale che lungo la fondamenta porta alla Cattedrale e alla Chiesa di Santa Fosca. E lì, tolti i vestiti, rimasti in mutande e avvolti i pugni nelle camicie e nelle magliette, avevano deciso ridendo di far rivivere le risse leggendarie che secoli prima animavano le feste paesane: «Chi casca in acqua è fuori, vince l'ultimo che resta in piedi sul ponte!». L'ultimo era stato appunto Natalino. Che aveva preteso di riscuotere subito, all'osteria di fronte: «Spumante! Spumante!».

Finiti di nuovo in una bettola per celebrare l'incontro con un bicchiere di Malvasia, i due amici si erano raccontati in mezz'ora la vita intera. Primo aveva ricordato con un groppo in gola la fine della figlia e tirato fuori un paio di foto di Letizia, Natalino aveva spiegato che, rimasto vedovo, lavorava per quel circo come uomo di fatica da quasi venti anni: «All'inizio montavo e smontavo il tendone, poi ho cominciato a prendere confidenza con gli animali. Elefanti, soprattutto. Bestioni intelligenti. Molto docili, se li sai trattare. Soprattutto le femmine. Ne abbiamo una, grassa e vegliarda, che va per la sessantina e si chiama Annette. Non è più in grado di fare certi esercizi, ma a sentire il padrone è più mite e intelligente perfino del famosissimo Annone di Leone X, quello che era stato soprannominato l'Archibestia».

E davanti allo stupore divertito di Primo aveva spiegato che quel mitico Annone («la storia l'ho mandata a memoria a forza di sentirla raccontare a tavola») era un elefante indiano albino «bianco come la tonaca di un Papa» che il re del Portogallo aveva regalato appunto, all'inizio del Cinquecento, al papa Leone X. Il quale gli si era così affezionato che se lo portava in processione da tutte le parti e gli faceva fare scherzi con l'acqua e alla sua morte volle non solo che fosse sepolto in una torre vicino al Vaticano ma che la lapide, purtroppo perduta, fosse scolpita addirittura da Raffaello. Mentre Primo rideva, Natalino fu colto da un'idea:

«Vuoi venire questa sera al circo?».

«Con la bambina?»

«Con la bambina e tua moglie, certo.»

«E i biglietti?»

«Te li do io. Vieni un po' prima. Otto meno un quarto.»

Alle otto meno venti Primo, Nora e una Letizia emozionatissima erano davanti alla biglietteria. Cercavano con gli occhi l'amico quando si fece incontro un pagliaccio col naso a palla, i capelli blu elettrico e un paio di gigantesche scarpe arancioni: «Eccomi. Sono in divisa serale» ammiccò. Era Natalino. Diede tre tagliandi al nonno, si piegò in un irresistibile baciamano alla nonna mentre le code a rondine del suo strampalato frack arancione si impennavano sulla schiena e mise al collo della piccola una sciarpa a righe gialle e scarlatte.

«Non togliertela mai, piccola.»

«Perché?» chiese Primo.

«Perché no. Tu stai pronto con la macchina fotografica. Sorpresa.»

Videro le cavallerizze dalle gonnelline

turchesi saltare da un cavallo all'altro in un carosello indemoniato, un prestigiatore pizzuto e sorridente segare in due dentro una cassapanca una povera fanciulla urlante che subito dopo tornava magicamente intera, un domatore vestito da Spartaco con la tunica fissata a una sola spalla mettere a cuccia otto tigri come fossero dei micioni, un mangiatore di fuoco col turbante viola eruttare fiamme alte come il Vesuvio e un gruppetto di trapezisti vestiti di azzurro volare nel cielo mentre il pubblico tratteneva il respiro.

Finché finalmente entrarono gli elefanti, che presero a rizzarsi sulle zampe posteriori e giocare con enormi palloni e sventolare nell'aria bandiere di mezzo mondo. Finché uno dei pachidermi, il più maestoso, si staccò dal gruppo e, guidato da un indiano dal turbante bianco, si diresse verso le gradinate dove stavano Primo, la moglie e la nipotina. «Questa deve essere la mia amica Annette» sussurrò il vecchio all'orecchio della bambina, incantata. L'elefante arrivò davanti a Letizia, si fermò, riconobbe la sciarpa gialla e scarlatta al collo della piccola, allungò la proboscide sulla schiena per prendere in consegna dall'indiano una grande girandola di plastica con tutti i colori dell'arcobaleno, piegò una delle zampe anteriori in un inchino e, mentre un tamburino in divisa coi bottoni d'oro faceva partire un rollio, porse la girandola alla bambina. Letizia la afferrò, si girò elettrizzata verso il nonno, sbatté appena le palpebre sotto il flash.

Quella sua felicità, piena, cristallina, assoluta, era contagiosa. Era l'unica che riuscisse a fare sorridere anche la signora Gisella Tescarolo vedova Grimani, la più affezionata cliente della pensione Ines di Lignano, dove Primo e Nora avevano deciso di tornare tutte le estati, agli inizi di giugno, nella convinzione che «se Valentina si era fatta portare dal mare lì, doveva ben esserci un motivo».

Tutti volevano bene a Gisella. Andava per gli ottant'anni, viveva a Cividale, aveva i capelli bianchi dalle sfumature azzurrine, vestiva sempre con distinti maglioncini dai colori anonimi e si portava dentro con dignità un dolore che la consumava. Qualche anno prima, rimasta da poco vedova di un ricco industriale laniero, aveva perso in un incidente stradale sulla Pontebbana la sua unica figlia, il genero e due nipotini. Uno dei quali, quello cui era più affezionata, era nato dopo un parto travagliatissimo (complicato dall'inesperienza di un dottorino che nella concitazione aveva perso la testa) con una lesione alla clavicola che gli aveva lasciato difficoltà di movimento.

Letizia era attaccatissima alla vecchia: «Ela! Ela! Ela!». Lei se la portava in giro, le comprava l'aranciata, la teneva d'occhio in spiaggia concedendo un po' di requie alla nonna. Era l'unica che qualche volta, passata l'una del pomeriggio, quando in mare non c'era quasi nessuno tranne un po' di tedeschi che aggredivano le onde a larghe bracciate standosene un po' lontani dalla riva, faceva il bagno con la piccola anche se sapeva cosa sarebbe successo. Appena immersa, per una reazione automatica e incorreggibile (ci avevano provato, ma inutilmente), faceva la pipì o peggio. Cosa che aveva costretto Nora a rinunciare, col pianto nel cuore, a portarla in piscina.

Ogni tanto si sedevano insieme, prima di andare a cena, su una panchina del piccolo giardino della pensione da dove si vedeva, dietro gli ombrelloni chiusi e le cataste di sedie a sdraio ripiegate, il mare. E la vecchia raccontava alla bambina, che non capiva ma ascoltava attentissima, che la sua mamma era stata portata via nel regno magico delle onde dal Gato Marin, una creatura metà gatto e metà sirena la cui coda esce qualche volta dalle acque nei giorni di tempesta, se sai guardare bene tra la spuma dei cavalloni: «Era bellissima e buona: per questo el Gato Marin se l'è presa. Per tenersela vicina».

5
La barca di Benito

«In macchina!» disse Primo richiudendo il portabagagli. Letizia, come sempre, si precipitò al volante. «Ferma! Dietro, con la nonna.» La bambina piagnucolò qualcosa, cedette, si accomodò al suo posto. Nora la seguì con un sospiro: «Dove andiamo?». «Vedrai.» Avviò il motore, si girò verso la moglie e ammiccò. Era orgogliosissimo di quella sua Fiat 124 color caffelatte, comprata di seconda mano: «Vecchia ma buona. Come noi». Scese lungo le Rive, prese la strada per Muggia e il confine di Rabuiese. Nora sorrise: «È tornato il 4 ottobre?». E Primo: «È tornato il 4 ottobre».

Erano anni che non compivano quel rito.

Prima per la nascita della nipotina. Poi per la guerra che aveva sconvolto la Jugoslavia. Il ritorno all'appuntamento di quella gita annuale, la giornata tiepida, il sole sfolgorante, l'idea di sedersi di nuovo nella «loro» trattoria li metteva di buon umore. Arrivati al Dragogna il vecchio sentì un tuffo al cuore. L'aveva letto, che all'inizio delle ostilità gli sloveni avevano buttato giù con le ruspe i filari di piselli di una povera contadina per fare lungo il fiume un posto di confine nuovo con la Croazia. L'aveva letto. Ma era la prima volta che vedeva quella frontiera che, mai successo prima nei secoli, segava l'Istria.

«Dobro jutro!» disse il poliziotto. «Buongiorno» rispose Primo, allungando i documenti. La guardia prese le carte d'identità, aprì svogliatamente quella del vecchio, notò il cognome e il luogo di nascita, si piegò verso il finestrino: «Hrvatski. Hrvatski». «No, non sono croato. Sono italiano.» Il poliziotto scoppiò a ridere, passò il documento a un collega. Anche quello rise. Poi, calcando ogni parola per sottolineare quella che per lui era un'insanabile contraddizione, lo sfidò: «Tu Babich: croato. Nato in Oprtalj. Republika Hrvatska».

«Portole: per secoli si è chiamata Portole» rivendicò.

«Oprtalj.»

«Portole.»

«Oprtalj.»

Inutile discutere. A Primo venne in mente il discorso tenuto da Giuseppe Viscovich, il capitano del paese di Perasto, alle bocche di Cattaro, il giorno in cui, straziato, aveva dovuto ammainare la bandiera di San Marco, nel 1797. Sempre quello gli veniva in mente, in situazioni così.

Ricordava la sera che suo papà, battendo un pugno sul tavolo, si era infuriato per i suoi dubbi di bambino: «Non me ne importa niente che qualche compagno di classe ti dica che i cognomi che finiscono in "ch" sono slavi. La storia non è così semplice. Qua siamo tutti mischiati, da sempre. E ci sono italiani che si sentono un po' slavi e slavi che si sentono un po' italiani e tanti che si sentono insieme l'uno e l'altro. E croati che xè bravisimi e 'taliani che xe selvadeghi. No ti pol tajarla a fete, la storia». Si era alzato, aveva aperto un cassetto della credenza, tirato fuori un libriccino, aperto una pagina segnata piegando un angolo: «Senti qua, cosa disse Giuseppe Viscovich, quel giorno che a Perasto finiva il suo mondo: "In sto amaro momento, in sto ultimo sfogo de amor, de fede al Veneto Serenisimo Dominio, al Gonfalon della Serenisima Republica, ne sia de conforto, o citadini, che la nostra condota pasada...". Senti qua: "Par 377 ani le nostre sostanse, el nostro sangue, le nostre vite, le xe sempre sta' par Ti, San Marco; e felicisimi sempre se gavemo reputà, Ti co nu, nu co Ti". Senti come finiva: "El nostro cuor sia l'onoratisima to tomba, e el più puro e el più grando to elogio le nostre lagrime"».

«Tu capito?» lo scosse sarcastico il poliziotto, allungandogli la carta d'identità. Primo fece spallucce. Notò che era passato il comunismo, era passato Tito, erano passati i massacri fratricidi delle guerre civili ma i poliziotti di là non avevano ancora imparato ad allacciarsi la cravatta, che tenevano tutta storta sul colletto aperto. Prese il documento, mise in moto e ripartì puntando verso Buje. Quando sbucò nella valle del Quieto, tra i carpini e le acacie, i quercioli e i roveri, lo prese un magone. Il fiume non gli era mai sembrato così bello. Le foglie rossastre degli aceri luccicavano al sole. Attraversò Castagna, arrivò a Livade, passò davanti alla vecchia trattoria, vide che avevano cambiato l'insegna disegnandoci un paio di tartufi. «Le patate che spusa», le chiamava suo nonno. Salendo verso Portole, sulla panca di legno davanti alla sua casa, riconobbe Franjo, un vecchio compagno di classe. Rallentò, accennò a un saluto, l'altro rispose levando appena la mano.

Arrivato al Belvedere, si fermò sotto l'ombra degli ippocastani per compiere il «suo» rito. Scese, raggiunse la balconata che si spalancava sulle colline intorno, trasalì nel riscoprire la meraviglia di quegli alberi che d'autunno sfumavano in mille colori, si riempì i polmoni: «Portole!». Gli «orti del podestà», come venivano chiamati un tempo i terrazzamenti che sotto di lui degradavano dolcemente dalla collina verso la valle, traboccavano di insalata. Notò su un poggio a destra, tra i cipressi, la sagoma di una villa. Doveva essere quella che aveva comprato un milionario tedesco che ne menava vanto, così gli avevano detto, spiegando a tutti: «È il Chianti croato! Anzi, forse l'Istria è più bella ancora...». Sospirò. Si chiese cosa avrebbe fatto lui, se avesse avuto i soldi.

Tornò alla macchina, ripartì, parcheggiò poco più su davanti alle arcate della Loggia veneta, assaporò il piacere di vedere che un sindaco di buon senso, infischiandosene del nazionalismo, aveva fatto ripristinare l'antico bassorilievo col Leone di San Marco. Quello che certi fanatici slavisti chiamavano «leone post illirico». Fece scendere Nora e Letizia, che batteva le mani impaziente di avere il gelato promesso. Al caffè centrale, il barista stava passando lo straccio sul bancone. Alzò la testa: «Primo!». Si conoscevano da sempre. Papà croato, mamma italiana, era stato battezzato col nome Ivo «perché andasse bene sia ai croati sia agli italiani», era un mezzo cugino e avevano fatto insieme le elementari nella classe della maestra Ilaria Huber, un'altoatesina che era finita a insegnare a Portole al seguito del marito, mandato a fare il carabiniere nella piccola caserma di Montona. Allungò la mano alla vecchia credenza che aveva alle spalle, ne prese un paio di bicchierini, versò per l'amico e per sé due maraschini, fece il riassunto dei vecchi che erano morti e di quelli che erano diventati bisnonni. Finché, scandendo gravemente le parole per dare loro l'importanza dovuta, servì la grande notizia: «Ieri, in paese, è arrivato l'Italo».

«L'Italo?»

«L'Italo.»

«Questa poi...»

«È stanco. Ha perso tutti i capelli, è diventato ancora più secco e gira con un bastone, dice, da quando si è rotto un femore e gliel'hanno sistemato male. Ma vuoi sapere la più grossa? È tornato in nave.»

«In nave?»

«Esatto. In nave.»

«Dall'Australia?»

«Dall'Australia.»

«Ma ce ne sono ancora?»

«Navi passeggeri non credo proprio. Da quello che ho capito ha tormentato i figli (ne ha tre, con otto nipoti) finché quelli, scomodando l'universo mondo, non gli hanno trovato un passaggio a pagamento su una nave merci fino a Colombo, una petroliera da lì al Cairo e ancora una nave da crociera fino a Trieste.»

Primo scoppiò a ridere: «Il solito testone».

«Cocciuto come un mulo.»

«Ha voluto fare il viaggio a ritroso come l'aveva fatto all'andata.»

«Per mare.»

«Per mare.»

«E quanto ci ha messo?»

«Con le soste a Colombo e al Cairo, quasi tre mesi. Dice che poi torna giù in aereo ma lui "doveva" tornare così.»

«E dov'è adesso?»

«Boh... Da qualche parte in giro per il paese. Mi ha detto che aveva organizzato il viaggio, sempre via mare, per tre anni fa. Voleva tornare dopo quarant'anni esatti, nel '94. Era seccatissimo per non averlo potuto fare. Se l'è presa brontolando anche con me: "Ci mancava solo la guerra tra voi slavi". Dice che è stato l'ultimo dispetto. La data, però, ha voluto rispettarla. Un tre di ottobre era andato via, un tre di ottobre è tornato.»

Seduta su una sedia di plastica, Letizia stava affondando il cucchiaino in una coppetta di gelato. La nonna, ogni tanto, le puliva la coppetta con un fazzolettino perché non si sgocciolasse tutto addosso. «Posso lasciarti qui una mezz'oretta?» chiese Primo. «Vai...» gli rispose Nora. Il vecchio si alzò, posò i soldi sul tavolo, insistette perché Ivo li accettasse e si avviò. Passò sotto il grande arco che si apriva materno alla cittadella medievale, puntò verso la piazza che adesso portava un altro nome ma per lui sarebbe rimasta fino alla morte piazza Vittorio Emanuele III, levò gli occhi all'antica Torre campanaria, entrò nella chiesa di San Giorgio, immersa nel silenzio. Bagnò le dita nell'acquasantiera dove lo avevano battezzato, si fece il segno della croce, piegò il ginocchio in una svelta genuflessione, recitò mentalmente una preghiera per i morti rivolto alle statue di sant'Antonio da Padova e san Francesco da Paola che stavano accanto all'altare maggiore, cercò con gli occhi, come dovesse essere rassicurato, la pala di san Giorgio che uccideva il drago, scosse la testa notando che tutto ma proprio tutto aveva il sapore di Venezia ma non una sola scritta, neppure una, dalle targhe metalliche sulla cassetta delle candele ai foglietti parrocchiali, era in italiano.

Tornò fuori, sbatté gli occhi per il sole che allagava la piazza, fu sorpreso dal ricordo di un giorno assolato e lontanissimo in cui la maestra Huber li aveva portati tutti in piazza, col grembiulino nero, a visitare la chiesa e avevano fatto un carosello recitando senza capire: «chi per mar, chi per tera / tuti i Turchi soto tera!». Prese a pattugliare una a una le stradine del centro, qua e là così strette che, dicevano un tempo i vecchi, «non ci passano due asini». Scovò su un muro scrostato le tracce di una scritta scolorita che non aveva mai notato prima, l'unica nella sua lingua. Propaganda titina, ai tempi dei rapporti con Stalin: «Viva la fratellanza italo-croata. Tito-Mosca-Belgrado!». Incrociò un uomo vecchissimo e piegato dagli anni. Era «Toni postin», uno dei pochissimi italiani che, per dare retta alla madre, erano rimasti e un giorno gli aveva raccontato della disperazione che lo aveva preso la mattina in cui si era reso conto che se n'erano andati tutti e lui non sapeva più a chi consegnare la posta.

«Buongiorno, Toni!»

«Oh, Primo!»

«Tutto bene?»

«Aspetto il mio giorno. Può essere oggi, può essere domani...»

«Ha visto l'Italo?»

«Chi?»

«Il figlio del professore.»

«Ah...»

«L'ha visto o no?»

«Quello andato in Australia?»

«Sì.»

«Mi pareva, che fosse lui...»

«L'ha incontrato?»

«Sì, forse era lui. Vecio. Lo go visto vecio. Semo tuti veci.»

«Dove...»

«Aveva l'aria di andare verso San Rocco.»

Era lì, infatti, alla chiesetta. Seduto, curvo e pensoso, sul muretto in pietra bianca sul quale poggiavano le colonne del portico dei poveri davanti all'ingresso. Il bastone puntato a terra, le mani sul manico, il mento appoggiato sul dorso delle mani. Primo lo raggiunse, gli posò una mano sulla spalla, si sedette accanto.

«Ciao Primo» disse Italo, senza neanche girar la testa.

«Ciao.»

Erano quarantatré anni che non si vedevano. Ma era come se si fossero lasciati dieci minuti prima.

«Sono passato in municipio a rivedere lo statuto comunale del 1421. Ero curioso di sapere se, dopo tanti anni che la recitavo a memoria agli amici, mi ricordavo bene l'intestazione. Quella che spiega perché i nostri nonni vollero una legge municipale contro i prepotenti. Parola per parola, la ricordavo: "Per deprimere e abbassare l'insolenza dei malvagi che macchiano le crudeli mani col sangue a danno e ruina dei buoni...".» Si portò un dito alla tempia: «Eh eh, ho ancora la testa buona».

«Era come la sognavi?»

«Cosa?»

«L'Australia.»

«Boh... L'Australia...»

«Sì o no?»

«È lontana. Io volevo solo che fosse lontana. Ed è lontana.»

Restarono muti. Per un tempo che sembrò loro interminabile. Dalla piazzetta vicina arrivarono gli strilli di due donne che litigavano. Vicine di casa, probabilmente. Del battibecco in croato intuirono solo che c'era di mezzo un sacchetto di spazzatura che puzzava e una cognata cui piacevano troppo gli uomini: «Drolja! Drolja!». Sorrisero. Una vecchia tutta in nero con un grembiule a fiorellini passò spingendo avanti, con sapienti bacchettate, una decina di oche che facevano chiasso starnazzando. Tornò il silenzio. Sapevano che stavano ricordando tutti e due la stessa cosa. Quei primi giorni di ottobre del 1954. Quando era ormai chiaro che si stava materializzando l'incubo: la «zona B», che da Capodistria arrivava sino a Cittanova e al Quieto ed era amministrata dai partigiani titini, sarebbe finita alla Jugoslavia.

Giorni di angoscia. Di cuori in tumulto. Di drammatiche consultazioni in famiglia e con gli amici. Partire? Restare? E come andar via? I più devoti, inginocchiati a San Giorgio, giungevano le mani recitando la preghiera composta da Pio XII «per i diletti figli che il turbine della guerra disperse e che la paterna mano di Dio ricondurrà dai dolori dell'esilio alla pace del domestico focolare». I più apprensivi tenevano la radio accesa tutto il giorno e tutta la notte, spostandosi dal canale italiano a quello slavo per capire «come e quando». L'Armanda Bortolussi, che qualche anno prima aveva vissuto lo stesso penoso affanno nell'esodo da Pola, da dove era venuta via per trasferirsi da cugini a Portole nella speranza di non abbandonare la sua Istria, raccontava che là era andata proprio così e che, come aveva scritto Tommaso Besozzi sull'«Europeo», lungo tutte le banchine, da Scoglio Ulivi fino all'Arsenale, si levavano allora cataste di mobili e alla stazione dei treni erano ammucchiate «montagne di masserizie» e «L'Arena di Pola» pubblicava pagine di annunci come «l'ufficio del rag. Tizio lo troverete da oggi in via Caio a Vicenza», «Si cerca un magazzino a Marghera», «Domestica polesana si offre a polesano che si rechi a Spoleto...».

E un giorno era arrivata la notizia che quel lunedì mattina la scuola media di Isola si era trovata di colpo senza un solo insegnante italiano e Antonio Borme, un giovane docente padovano che traboccava di entusiasmo e troppo tardi si sarebbe accorto che non valeva la pena di fermarsi in nome del comunismo, era diventato matto per recuperare un po' di professori in giro per tutta la Jugoslavia. E il giornale «La Nostra Lotta» sparava a zero sui poveretti che se ne andavano con la proibizione di portarsi dietro perfino la macchina per cucire scrivendo che erano «tarati cronici dello sciovinismo», «infetti dal virus della superiorità della stirpe», spinti a fuggire perché «il sistema sociale socialista non offre prospettive di grandi profitti e facili arricchimenti». E si camminava per le strade accompagnati dalle martellate di quelli che, «cogli occhi pieni di lacrime», chiudevano tutta la loro vita nelle casse di legno da caricare sui traghetti e così diffuso e ossessivo era questo martellare che qualcuno aveva mandato un telegramma a Roma: «Pola senza chiodi e listelli. Pregasi provvedere con estrema urgenza».

A tutto questo pensavano, muti, i due vecchi. Finché il silenzio fu rotto da Primo.

«Perché non mi hai aspettato?»

«Paura.»

«Avevamo già la barca. Lo sapevi.»

«Avevo troppa paura.»

«Lo sapevi che avevamo la barca, a Umago. Eravamo d'accordo. Anche il pane avevo già comprato. Il pane per la traversata. Eri il mio migliore amico. Hai idea di come mi sono sentito quando mi hanno detto che te n'eri già andato?»

«Scusa.»

«Scusa...»

«Ci ho pensato mille volte, in tutti questi anni. Lo sai come andò. Lo sanno tutti. Erano le undici di sera. Bussarono. Erano il professor Gezzi, sua moglie e suo figlio. Disse che, tramite un parente, aveva comprato una guardia dietro Albaro Vescovà e che c'era un camion sicuro che ci poteva portare fin là. Gli dissi: "Non vengo senza Primo". Rispose: "Il camion è qua. Non possiamo aspettare. Dimmi: sì o no". Ero terrorizzato. Mi chiedevo: e se poi non mi capita più? Se non ce la faccio più, a venir via? I miei non volevano saperne di lasciare il paese. Ma mi dissero: "Vai". Papà aveva un pigiama marron con le righine blu, lo prendevamo sempre in giro per quanto era brutto. La mamma si era messa sulle spalle uno scialle grigetto. Mi buttò due cose in una borsa e sulla porta diede un cugno di pecorino di Grisignana. Sapevo che non li avrei più rivisti. E non li ho più rivisti.» Tirò fuori un pacchetto di sigarette, ne accese una e sospirò: «Ci ho pensato mille volte, a come dovevi esserci rimasto. Per anni. Da non dormirci di notte. Non ho mai avuto neanche il coraggio di scriverti. Scusa».

«Boh... Dopo tanti anni...»

«E tu?»

«Tu cosa?»

«Sei partito la notte dopo?»

«Come avevamo deciso. La notte dopo.»

«Con lo zio di Benito?»

«Macché.»

«Non era lui che...»

«Sì, era lui che portava la gente di là. Ma giorno dopo giorno, a forza di andare avanti e indietro con la paura di vedersi affiancare in mare da una motovedetta jugoslava, si era deciso ad andarsene anche lui. Il destino della Zona B era segnato. E così, la notte prima, aveva caricato in barca la moglie e i figli e se l'era filata. Con la barca, una cassetta con le cose più preziose, le foto di famiglia e i soldi nostri.»

«E tu?»

«Fu onesto. Quasi. Disse a Benito che ci lasciava come risarcimento una vecchia batela piatta di quattro metri. A remi. Rossa. Quando la vidi mi mancò il respiro. Tolto te, eravamo comunque in quattro: io, Benito, Vivaldo e Tullio. Non bastasse, Tullio aveva deciso che lui non veniva via senza la Bice. Decidemmo di provarci lo stesso. Io, Benito e Vivaldo partimmo da Portole nel primo pomeriggio. Separatamente. In bicicletta. Senza neanche una borsa per non dare nell'occhio. Tullio e la Rosa erano già scesi in corriera il giorno prima e avevano dormito da parenti a Umago. A San Lorenzo di Daila c'era la sagra, un'orchestrina che suonava, la gente che ballava. Per questo, se ti ricordi, avevamo scelto il 4 ottobre. Per la sagra. Poliziotti sì, ce n'erano, ma avevano il colletto slacciato ed erano occupati più che altro a sgranocchiare mandorle caramellate e buttar giù sljvoviza. Nessuno badava a noi. Il paese era bellissimo, quella sera. Ci ritrovammo alle undici davanti al carrettino dello zucchero filato. Scendemmo uno alla volta, per strade diverse, fino alla cala di San Giovanni della Corneta. Benito era sulle spine. Salimmo sulla batela, la Bice si stese sul fondo e noi cominciammo a remare. Ogni volta che affondavamo il remo ci pareva che facesse un rumore assordante. Vedemmo la riva allontanarsi, la musica dell'orchestrina era sempre più debole, le luci della sagra cominciarono a spegnersi.

«Il mare, anche se sapevamo che l'Adriatico può arrabbiarsi di colpo, era buono. La notte era fredda, ma non freddissima. In lontananza sentivamo il ronzio delle motovedette titine. A un certo punto non vedemmo più niente. C'erano solo cielo e mare, cielo e mare. Noi remavamo, remavamo. Ogni tanto la Bice tirava fuori un thermos che le aveva dato sua madre con del caffè caldo. Ma durò poco. Quando arrivò l'alba, eravamo stravolti. I capelli appiccicati alle tempie. Le mani che ci sanguinavano. Fradici di sudore eppure gelati dal freddo che poco a poco era diventato pungente. E finalmente, in fondo in fondo, vedemmo un faro. Era quello di Bibione.»

«Bibione? Siete arrivati a remi da San Lorenzo a Bibione?»

«Da San Lorenzo a Bibione. Il giorno dopo, ci ritrovammo perfino in un articolo sul "Piccolo" di Trieste: "Scappano a remi da Umago a Bibione".»

«Ostia!»

«Quella notte avremmo potuto remare fino in Australia, se fosse stato necessario.»

«Ma va là!»

«Come è vero Dio. Giuro. Fino in Australia.»

Scoppiarono ridere insieme. «Vieni,» disse Primo alzandosi «andiamo al caffè da Ivo che ti faccio conoscere mia moglie e la mia nipotina. Vedrai che meraviglia. Vedrai.»

6
La «ola» e il maresciallo

Un sabato pomeriggio, quando andava per i nove anni, Letizia sparì. Fu questione di un attimo. Era arrivato il frigorifero nuovo, gli operai avevano bestemmiato contro le scale troppo strette e l'accesso alla cucina, per come erano messi i mobili, si era rivelato più difficoltoso del previsto. Fatto sta che mentre tutti trafficavano intorno al frigo, lei infilò la porta rimasta aperta e si fiondò giù per le scale.

Quando Primo se ne accorse, era tardi. Si precipitò alla finestra, fece appena in tempo a vederla girare l'angolo, piantò in asso i due operai che presero a protestare «ma come, e adesso cosa facciamo noi?», scese in strada e cominciò a correre strattonando tutti quelli che incontrava: «Avete visto una bambina?».

Scese per via Boccardi, piegò a sinistra in via Diaz, giù per via dell'Annunziata e di nuovo indietro, perché gli pareva impossibile che la piccola si fosse allontanata tanto, verso via Felice Venezian. Niente. Gli venne il dubbio che potesse essere andata verso il borgo Giuseppino ai giardini di piazza Hortis, dove la portava qualche volta nelle giornate di sole invernale in cui la bora dava tregua. Niente. Risalì, sempre più angosciato, il respiro rotto dall'asma, lungo le rive verso Ponterosso e poi indietro verso il Molo Venezia. Sentì, assordante, la tromba di un clacson. Si voltò, vide un furgone inchiodare. L'autista mise fuori la testa: «Guarda dove vai! Rimbambito!». C'era un traffico mai visto. Ormai era un bagno di sudore. Di colpo, vide tutto annebbiato. Si toccò il petto e pensò: «Adesso muoio. Adesso muoio».

Si accorse di lui il conducente di un autobus, che aveva rischiato anche lui di metterlo sotto. Lo raccolsero, gli posarono un fazzoletto bagnato sulla fronte. Intorno si era radunata una piccola folla: «C'è un medico? Qualcuno conosce un medico?». Si fece avanti una giovane donna che spingeva un passeggino: «Mi guardate un attimo il bambino?». Si chinò sul corpo del vecchio, gli sentì il polso, gli posò una mano sul cuore, si sistemò la gonna e fulminò con un'occhiata uno dei curiosi che le sbirciava le gambe. «Niente di grave,» disse, battendo affettuosa sulla spalla di Primo «però non dovrebbe fare questi strapazzi, nonno.» Lo aiutarono a rialzarsi, gli chiesero dove abitasse, si offrirono di dargli un passaggio fino a casa, dietro piazza Cavana. Lui chiese di essere portato dai carabinieri.

L'appuntato era gentile, prese nota di ogni dettaglio con diligenza, si fece consegnare la foto di Letizia che il vecchio teneva sempre in tasca, diramò l'allarme a tutte le pattuglie: «Sì, una bambina. Sui nove anni. Mongoloide».

«Down» sospirò Primo.

E quello, coprendo il ricevitore con la

mano: «Lo so, ma "mongoloide" lo capiscono tutti».

Voleva restare lì, ma il carabiniere fu irremovibile: «Vada a casa. Ci faremo vivi noi».

Nora, che proprio quel giorno era andata a trovare una cugina all'ospedale, doveva ancora tornare. Gli operai, seccatissimi, se n'erano andati piantando lì il frigorifero in mezzo alla cucina. Aveva la bocca impastata. La gola secca. Si stava togliendo la camicia, inzuppata di sudore, quando squillò il telefono. Era Teodoro, un vecchio collega. Avevano lavorato insieme trent'anni alle acciaierie di Servola: «Primo! Cosa fa tua nipote allo stadio?».

«Allo stadio?»

«L'ho vista io, adesso.»

«Letizia allo stadio?»

«Ti dico che l'ho vista io. Appena adesso. Accendi la televisione. C'è la partita benefica, cantanti contro vecchie glorie. Le telecamere hanno inquadrato il pubblico e lei era là.»

«Là?»

«Là.»

«E come ci è arrivata, là?»

«Lo chiedi a me? Io so solo che è là. Non mi sbaglio.»

Il vecchio posò la cornetta, accese il televisore, tornò al telefono. «Eccola di nuovo!» gli urlò Teodoro. Si precipitò a guardare. Il regista, contagiato dalla sua allegria, inquadrava proprio Letizia. Le mani in alto, piegata di sbieco tutta a destra, era impegnatissima nel seguire il ritmo dell'intera tribuna nella «ola». Rideva. E quelli intorno ridevano con lei.

Il maresciallo dei carabinieri, quando la riportò a casa un'ora e mezzo dopo, disse che dopo averla individuata, grazie ai cameramen, tra gli spettatori sugli spalti del «Nereo Rocco», non se l'era sentita di strapparla alla partita e le era rimasto vicino fino al fischio finale: «Anche mia sorella ha un bambino down». Primo posò sul tavolo due bicchieri e aprì una bottiglia di Malvasia. Cercarono di capire insieme cosa fosse successo, conclusero che la piccola, scesa di corsa sulle Rive, doveva essere salita su un autobus seguendo la corrente della folla. «Poi, allo stadio, devono averla scambiata per la figlia di qualcuno che entrava in quel momento.» Nora tornò che erano al terzo bicchiere e il maresciallo, posato il berretto, si era tolto la giacca. Quando cominciarono a raccontarle i fatti disse: «Passate un bicchiere anche a me».

La sera, Primo addormentò la piccola raccontandole la storia del Topo, dell'Alce e dell'Opossum: «C'era una volta un ragazzone che si chiamava Bruce Strauss. Guidava i camion sulle strade dritte dritte dell'America, era salito per la prima volta sul ring una sera che aveva accompagnato a combattere un amico e accettato cento dollari per sostituire, in un match contro l'idolo locale, uno sfidante che aveva dato buca. Pare impossibile, ma vinse. Seduta stante, decise di fare il pugilista. Gli bastò poco, però, per capire di essere scarso. Giusto il tempo di andare ko quattro, cinque, sei volte di fila. "Meglio comunque andare ko che fare il camionista" si disse. E continuò a combattere, per anni e anni. Qualche sera arrivò a prendere diecimila dollari, qualche sera solo una ventina, un pollo fritto e una birra. Nessuno sa come gli diedero quel nomignolo. Forse quello giusto sarebbe stato Opossum perché proprio come un opossum il nostro Bruce, quando capiva che lo stavano massacrando, andava al tappeto e si fingeva morto. Forse qualcuno si confuse tra topi e opossum. Fatto sta che lo chiamavano il Topo. Nessuno ha perso quanto lui. Pensa che è finito ko almeno settantotto volte!».

Cullata dalla voce del nonno, Letizia dormiva già. «Dico "almeno" perché forse andò giù anche più di settantotto volte» proseguì il vecchio. «Deciso a vivere di pugilato e a non morire sul ring, il Topo combatteva infatti anche tre volte la settimana. Finendo al tappeto, con nomi sempre diversi, in tutti e cinque i continenti. Una volta, a Roma, scoprì che gli organizzatori erano nelle pesti perché non si era presentato lo sfidante a José Gimenez, che era il campione dei welter. Chiese qual era la borsa per il perdente, si offrì di sostituire il pugilista assente e siccome era cinque chili sopra al peso permesso, saltò la cena e passò la notte nella sauna dell'albergo. Salì sul ring che era uno straccio, ma prima di andare ko riuscì a resistere cinque riprese. Oh: cinque riprese! Era un fenomeno, il Topo. Una sera, per prendere due borse, arrivò a fare due combattimenti contro due pugilisti diversi. Si cambiò solo i calzoncini. Uno spettatore se ne accorse e gli gridò: "Ehi, Topo, ti sei già svegliato dal knock-out?". Lui lo guardò negli occhi e rise, giocando sulla somiglianza delle parole inglesi: "Io non sono Mouse, amico. Sono Moose, suo fratello gemello". Non sono il Topo, sono l'Alce. Così gli disse. E si fece abbattere di nuovo.»

Primo rimboccò le lenzuola alla nipotina, le posò una mano sulla fronte: «Non importa perdere, piccola. Si può perdere anche tutta la vita. Capita. Importa come si perde. Come». Si alzò, richiuse la porta alle spalle, si infilò un soprabito, salutò Nora e uscì. Tutte le notti, da mesi, le passava in portineria all'albergo «Massimiliano e Carlotta». Non aveva avuto scelta. Mantenere Letizia, tentando una a una tutte le terapie possibili, era troppo costoso. Negli anni sulle navi mercantili qualche parola di inglese l'aveva masticata. E con quel fisico da energumeno, sia pure ammaccato dall'età, dava sicurezza ai padroni e ai clienti. Nora si sentiva quasi in colpa, quando ogni sera usciva: «Ma ce la fai?». Lui diceva che non gli pesava.

Passava le notti a leggere, sul divano del salottino dell'hotel dal quale sporgeva di un buon mezzo metro allungando le gambe su una sedia accostata, vecchi libri di boxe trovati sulle bancarelle, dai titoli quasi sempre uguali: «K.O.» Era lì che trovava le sue favole per la nipotina. Avrebbe potuto andare avanti per settimane, a raccontarne. Come per ore andava avanti, in osteria, con gli amici del circolo. Leggeva e rileggeva di Damosseno che aveva fatto i muscoli mangiando il midollo delle belve che catturava a mani nude e di Caristo che si allenava piantando a pugni il vomere nella terra e nei combattimenti era assistito dal padre che lo incitava urlando: «Pestalo come l'aratro! Caristo, pestalo come l'aratro!». E poi di Burney Malone e Jim Silberbauer che in Sudafrica, alla fine dell'Ottocento, si erano picchiati, senza avere ragione l'uno dell'altro, per 210 round. E di James Ambrose, un mezzo galeotto irlandese che aveva preso il nome di «Yankee» Sullivan e un giorno di gennaio di metà Ottocento tappezzò i muri americani di cartelli in cui lanciava la sfida al campione Tom Hyder e per sfuggire ai poliziotti, che si erano impuntati di fare rispettare la legge impedendo il combattimento, poiché allora il pugilato era proibito, avevano cambiato locanda tutti i giorni, per settimane, come latitanti in fuga. Finché erano finiti a battersi a notte fonda su una chiatta nella baia di Chesapeake, alla foce del Potomac. In pieno inverno. E all'alba, dopo avere cercato di dormire un po' sotto gelide trapunte coperte di brina, ognuno sulla sua barca, avevano ripreso a massacrarsi sulla spiaggia, dalla quale gli organizzatori e gli scommettitori avevano spazzato via la neve.

Chiudeva gli occhi così, col libro aperto sul petto, il dito infilato nelle pagine. Gli davano il cambio alle sei di mattina: «Ciao Primo, come sta la bambina?». «Benone. La più bella del mondo.»

7
Un caffè da signori

Il notaio, per quanto cercasse di darsi un tono indossando cravatta e gilè, era un ragazzino. O almeno così pareva a Primo. Il quale era stupito della sua barbetta da matricola universitaria almeno quanto lo era stato della convocazione nel suo studio che dava sul Molo Fratelli Bandiera. «Comunicazioni urgenti sulle volontà testamentarie della signora Tescarolo Gisella vedova Grimani in seguito al decesso della stessa.» Così diceva la lettera che lui e Nora avevano ricevuto.

Un po' intimoriti, il vecchio e la moglie si erano messi i vestiti buoni e, accomodatisi su due poltroncine di velluto, ascoltarono la lettura dell'atto come fossero a una veglia di preghiera: «Io sottoscritta Tescarolo Gisella vedova Grimani, nata a eccetera eccetera, residente a Cividale del Friuli eccetera eccetera, domiciliata eccetera eccetera, nel pieno possesso delle mie facoltà mentali, desidero e dispongo quanto segue...».

A Letizia! Aveva lasciato quasi tutto a Letizia. Un condominio di sei appartamenti affittati a stagione sul lungomare di Grado, un vecchio palazzo signorile in locazione alla Provincia nel centro di Udine, due capannoni industriali a Premariacco e Manzano, la villa di famiglia a Cividale, trentotto ettari di campagna nella Bassa veronese... A mano a mano che il notaio leggeva, Primo era sempre più impietrito. Nora tirò fuori un fazzoletto e si mise a piangere. Il notaio si fermò: «Vuole che sospendiamo un attimo, signora?».

«No, grazie. È che non ce l'aspettavamo...»

Si ricordò di quella sera alla pensione Ines in cui, affidata Letizia a Primo, era uscita a passeggiare con la «signora Gisella», che inutilmente cercava da anni di farsi dare del tu, e camminando sul lungomare era scoppiata in lacrime. E le aveva raccontato d'un fiato quanto l'avessero ferita certi albergatori gentilissimi che improvvisamente, alla vista della bambina, si battevano la fronte: «Scusate, mi sono sbagliato... Ero convinto di avere ancora una camera e invece...». E dell'umiliazione che aveva provato, lei, cattolica, quando il parroco aveva rifiutato alla piccola la prima comunione: «L'ha già spiegato tempo fa un prete di Messina e io sono d'accordo: non importa se questa povera creatura ha peccati o non ha peccati. L'ha detto Gesù: non date margherite ai cani». E delle fitte che sentiva ogni volta che leggeva sul giornale certe cose successe ad altri bambini e che viveva come fossero accadute tutte a Letizia, come la storia di un ragazzino prima chiamato a fare il raccattapalle per celebrare la «giornata dell'handicap» e poi cacciato fuori, davanti a tutto lo stadio, perché «purtroppo era lento a restituire il pallone».

E si era sfogata ricordando del giorno in cui dopo tanto tempo, uscendo allegre da un negozio, lei e Letizia erano andate a sbattere contro il medico obiettore che aveva sconsigliato a Valentina l'amniocentesi e quello, vedendo quanto la nonna e la nipotina erano serene, aveva avuto il coraggio di dirle: «Ha visto signora, che avevo fatto bene a operare perché nascesse questo regalo del buon Dio?». Al che lei, dominando a fatica la voglia di prenderlo a sberle e graffiarlo e sputargli in faccia, aveva risposto gelida: «Si vergogni. Mia nipote è un regalo meraviglioso. Ma la scelta non toccava a lei».

Ed era andata avanti piangendo su quella volta che erano finiti in un'anonima pizzeria semivuota sul Carso dove c'erano solo tre tavoli occupati compreso il loro e per spingerli ad andarsene erano stati tutti ostentatamente sgarbati e lentissimi e una cameriera dal trucco pesante e dai capelli schizzati aveva finto per un'ora e quaranta di non sentire Letizia che la chiamava «Ignoina! Ignoina!», e quando finalmente erano arrivate le pizze e il gelato per la nipotina, Primo era stato grande. Si era levato in piedi, si era messo il cappello e aveva detto solenne: «Il conto, per favore. La pizza ve la lasciamo: persone come voi non possono farla buona».

La signora Gisella l'aveva ascoltata per ore. Senza mai guardare l'orologio. Come se fosse assolutamente naturale che due vecchie ragazze in là con gli anni se ne restassero a farsi confidenze come liceali, davanti al mare, fino alle due di notte. Addormentata la piccola e un po' preoccupato, Primo si era affacciato un attimo, le aveva viste e se n'era tornato in camera senza interromperle. Nora aveva raccontato di quanto l'avessero umiliata tante cecità burocratiche: «Una volta la bambina, sulle Rive, mi è scappata di mano per correre verso un cagnolino dall'altra parte della strada. Una macchina ha frenato, quella dietro l'ha tamponata. La piccola si è spaventata tanto che per settimane è tornata a farsela addosso a letto costringendomi a rimetterle i pannolini. A otto anni. Bene: mi è arrivata una multa. Dove il vigile precisava meticolosamente che Letizia aveva attraversato a 28 metri e 16 centimetri dalle più vicine strisce pedonali. "E i millimetri? I millimetri niente?" gli ho chiesto esasperata. Lui, zitto. Aveva preso nota dei centimetri e non si era accorto che la bambina non è in grado di capire».

Per questo era spaventatissima al pensiero che un giorno... «Vado per i sessantotto, ho la sciatica, sono piena di dolori e viviamo in affitto in una vecchia casa malandata. Se manco io, chi si occuperà della bambina? Chi? Chi?».

«Posso riprendere, signora?» le chiese il notaio strappandola ai ricordi. Nora si asciugò gli occhi e ripose il fazzoletto: «Sì. Mi scusi. Pensavo...». Primo le posò la mano sull'avambraccio. Ascoltarono un lungo elenco di cose che la signora Gisella aveva lasciato a questo e a quel parente che mai avevano sentito nominare, incrociarono lo sguardo di delusione di un nipote che si aspettava certo molto di più, si sentirono addosso l'occhiata ostile di una domestica risentita. Quando se ne furono andati tutti, chiesero al notaio quanto valesse quel patrimonio finito a loro. «Così, a spanne, tra valori degli immobili e depositi in banca,» rispose «sui quattro milioni e mezzo di euro. Forse di più.»

Tornarono a casa barcollando come se fossero un po' alticci. Si chiesero se potessero permettersi un taxi. Decisero di farsela a piedi: «Dobbiamo smaltire la ciucca...». Passarono all'hotel «Massimiliano e Carlotta», lei restò fuori, lui entrò e chiese se avevano problemi a lasciarlo libero, quella sera. Davanti al caffè «Tergesteo», in piazza della Borsa, si guardarono e scoppiarono a ridere. Entrarono, andarono a sedersi a un tavolino. Come i signori. Lui ordinò un «nero», lei un «capo» in un bicchiere caldo. Erano anni che non si concedevano qualcosa che fosse solo per loro. Nora aveva gli occhi lucidi. Primo le guardò le maniche consunte del cappotto e disse: «È ora che ti fai un paltò nuovo». I due caffè erano buonissimi.

Rientrarono senza più dire una parola per non interrompere la magia di quei momenti. Lei sorrideva sollevata all'idea che organizzando le cose per bene il futuro della piccola, il giorno che fossero venuti a mancare, forse sarebbe stato meno oscuro. A lui venne in mente, chissà come, il professor Macedonio Colaussi. Era un anziano docente di latino e greco che insegnava in un liceo di Trieste ma che a ogni festa comandata, con la sua Fiat 500A, tornava a Portole, il paese dei genitori da dove era venuto via per laurearsi a Padova. Era stato lui, che tra i compaesani era visto storto perché non si era mai sposato, a introdurlo ai misteri della boxe, alla quale si era appassionato partendo dal combattimento raccontato da Omero tra Epèo ed Eurialo («Odesi orrendo / sotto i colpi il crosciar delle mascelle / e da tutte le membra il sudor piove», tuonava) per arrivare ai tempi più recenti, dei quali adorava i nomi di battaglia dati ai pugili dall'inesauribile fantasia degli americani: «Maxie lo schiaffeggiatore», «Smoking Joe», «Il Toro della Pampa», «Il Maglio di Manassa», «Astoria Assassin».

E sempre lui, il professor Macedonio, aveva placato la sua sete di conoscere tutto di Carnera, del quale sapeva perfino recitare a memoria un canto eseguito dalla Corale della parrocchia di Sequals il giorno in cui il «mastodonte fascista, orgoglio della razza» era tornato a casa, nel paese friulano in cui era nato, con la cintura di campione del mondo dei massimi:

Dal colle che domina la vasta brughiera
Si levano i canti a Primo Carnera
È l'inno del popolo che esulta per te
Che esprime al suo figlio suo gaudio e sua fe'.

Ecco perché gli era venuto in mente il vecchio Macedonio col suo panciotto rosso, la sua libreria, la sua collezione di giornali, cimeli del pugilato, fotografie. Per una cartolina in bianco e nero, «Saluti da Sequals», dove tra le immagini a vanto del paese che «si stende mollemente appié del suo colle», c'erano non solo le antiche e nobiliari Villa Johanna e Villa Rosmunda ma anche la nuova Villa Carnera. La rivincita di un povero cristo che si era lasciato alle spalle la povertà. Ed era tornato a casa la prima volta, nel 1933, con una spettacolare Limousine alla quale il «Gazzettino» aveva dedicato cronache entusiastiche: «Dal Conte di Savoia venne pure sbarcata una "Lincoln" Gran Turismo che può raggiungere i 190 chilometri orari...». Anche troppo, pensò Primo ridendo. Gli bastava cambiare la vecchia 124. Sarebbe andata bene anche una Opel Astra. Nuova, però.

La sera, mentre la moglie lavava i piatti allungando allegra l'orecchio, addormentò la nipotina raccontandole di uno dei match più incredibili della storia: «C'era una volta una specie di maciste che si chiamava John Laurence Sullivan. Era di sangue irlandese, aveva un paio di giganteschi baffi a manubrio e i capelli incollati al cranio e spartiti a metà da una riga perfetta, fissata da due dita di brillantina. Prendeva 250 dollari a combattimento, sfidava chiunque a bere fino a cinquantasei bicchierini di brandy ed era così forte a pugni nudi (perché allora si combatteva ancora senza guantoni) che arrivò a incontrare 195 avversari in 238 giorni in 136 città diverse. Lo chiamavano "il duro di Boston". Finché non arrivò sulla sua strada Jim Corbett, che aveva fatto le scuole buone e aveva modi così raffinati (anche se con il suo diretto aveva martellato Peter Jackson, "l'incudine nera") da guadagnarsi il soprannome di Jim il Gentiluomo. "Non mi spoglio neppure, per quel gagà" disse Sullivan. E pretese che quella sera, al teatro dell'Opera di San Francisco, si combattesse a modo suo. Fu così che i due salirono sul ring per picchiarsi vestiti come due membri del club della caccia: pantaloni, giacca, camicia, cravatta. Era solo una esibizione, d'accordo. Ma combatterono sul serio così: pantaloni, giacca, camicia, cravatta. L'anno dopo però, a New Orleans...».

«Non vedi che dorme?» l'interruppe Nora. Era appoggiata allo stipite della porta, si asciugava le mani con un canovaccio e sorrideva.

8
La scodella rotta

La mattina dopo, alle sette meno un quarto, squillò allegro il campanello. Primo si tirò su dal letto, guardò la sveglia, si passò una mano sulla testa e andò alla porta. Chi diavolo poteva essere, a quell'ora? Posò l'occhio sullo spioncino: era un canguro. Un canguro enorme, alto almeno un metro e settanta, col suo bel pelo marrone e il marsupio color panna. Il più grande canguro di peluche che mai si fosse visto. E dietro il canguro, gli sembrò di indovinare qualcuno che non avrebbe mai voluto vedere.

«Chi è?» chiese guardingo.

«Ciao Primo!»

«Nevio?»

«Nevio!»
«Cosa fai tu, qua?»
«Non mi apri?»
«Un momento...»

Tornò in camera, si sedette sulla sponda del letto, diede un pugno al materasso, giurò a se stesso che si sarebbe dominato. Cominciò a vestirsi, senza fretta. I calzini. I pantaloni. La camicia, bottone dopo bottone. Andò in bagno, si lavò la faccia, si passò la schiuma sul viso col pennello, si fece la barba. Calmo: doveva stare calmo. Si massaggiò il viso con un po' di gel al mentolo. Posò l'asciugamano, si buttò un maglione sulle spalle, tornò alla porta e aprì.

Entrò per primo, immenso, il canguro. E dietro Nevio, che quasi non riusciva a reggere il peluche: «Dove lo poso?». Si era messo la giacca, una camicia a righe grosse blu, una cravatta larga col nodo largo. Si era tolto l'orecchino, dato una sistemata ai capelli, pulito le unghie. Era decisissimo a piacere. Chiese dove poteva sedersi, si sistemò in salotto senza attendere la risposta, cominciò a parlare, parlare, parlare. Le cose gli andavano bene, sì proprio bene. Si era licenziato dall'ultimo lavoro, in un'azienda di vernici, perché «non era creativo», ma aveva già in mente un progetto che lo avrebbe reso ricco: «Una grande idea. Grande». Aveva smesso di bere, «quasi smesso, diciamo, solo un goccio ogni tanto, i giorni di festa». Abitava in una casa popolare di Borgo San Sergio. Si scusava di non essersi fatto vivo per sette anni, ma...

«Undici» lo interruppe Primo.

«Undici?»

«Undici.»

«Cazzo. Passano gli anni, cazzo» ridacchiò nervoso, agitandosi nella poltrona. E ripartì spiegando che certo, era consapevole che lui e Nora non dovevano avere una buona opinione di lui, «ma come dice quello lì dei *Promessi sposi* uno il coraggio non se lo può dare». Non se l'era proprio sentita di farsi carico della figlia. Lui era così, purtroppo. Una volta, almeno: «Dico "una volta" perché adesso sono proprio cambiato. Ah sì. Proprio cambiato. Se mi vedesse Valentina non so se mi riconoscereb...». Si bloccò di colpo. Primo, ostentatamente in piedi, lo guardava immobile. Muto.

Si avvitò in una stralunata ricostruzione del suo rapporto con l'idea della morte, invocò comprensione per le sue debolezze, cercò di spiegare perché non era venuto ai funerali, assicurò che gli era proprio dispiaciuto marcare visita quel giorno in tribunale in cui aveva mandato l'avvocato con una lettera per il giudice in cui spiegava che lui non era in grado di provvedere alla figlia «né finanziariamente né moralmente» perciò se la tenessero pure i nonni. Giurò che, divorato dai sensi di colpa, aveva pensato alla bambina tutti i giorni, «ma proprio tutti i giorni», e non ci aveva dormito la notte quando non aveva potuto venire al battesimo, ma che il giorno della prima comunione lui voleva essere lì, sul primo banco.

«L'ha già fatta» disse il vecchio, asciutto.

«Cosa?»

«La prima comunione. L'ha fatta.»

«Ah...»

«Quasi due anni fa... Abbiamo dovuto cambiare parroco e parrocchia, ma l'ha fatta.»

«Cazzo. Passano gli anni, cazzo» ridacchiò di nuovo. Ormai livido per la tensione, la gola secca, aveva le vene del collo violacee per lo sforzo di mostrarsi disinvolto: «Non mi offri qualcosa?».

«L'ultima volta ti sei pisciato addosso.»

«Ah... Non dimentichi niente, vero?»

«No.»

«Niente...»

«No.»

«Sei forte, tu. Una quercia, tu. Hai le spalle larghe, tu.» Si grattò isterico la testa. Tremava di rabbia.

In quel momento, ancora assonnata e a piedi nudi, entrò Letizia. Si gettò tra le braccia del nonno. E restò lì, appesa al collo di Primo che pareva reggerla ancora senza fatica come quando era in fasce.

Nevio si alzò, andò di là, tornò abbrancando il canguro, che calò per terra in faccia alla bambina: «Guarda che regalo, il tuo papà!».

Lei fissò il canguro, fissò Nevio e poi di nuovo il canguro. Indifferente. «Latte» disse. E il nonno la portò in cucina. «È meglio se te ne vai» consigliò con una voce stanchissima Nora, che era comparsa con una pesante vestaglia di lana sulla soglia. «Meglio» ribadì dalla cucina la voce di Primo.

«È mia figlia» sibilò Nevio, scaraventando il canguro addosso a quella che era stata sua suocera. E prese a urlare: «Mia figlia. Chiaro? Mia figlia!». Due passi e piombò in cucina, rovesciò la scodella del latte che andò in pezzi, afferrò la bambina per un braccio e la strattonò verso la porta: «Tu vieni via con me! Tu vieni via con me!». Un attimo e Primo gli fu addosso, gli bloccò il polso e chiuse la morsa. Un colpo secco. Un urlo: «Cazzo! Mi hai rotto il polso! Cazzo! Il polso!». Letizia, spaventatissima, corse a rifugiarsi dalla nonna. Nevio saltellava su e giù per la cucina reggendosi il braccio destro e urlando: «Stronzo! Il braccio! Stronzo!».

Il vecchio lo prese per la cravatta e lo trascinò fuori. Il pianerottolo era ormai pieno di gente. Il genero, ormai fuori di sé, strillava: «I miei soldi. Quelli volete! Volevate tener tutto nascosto, ma io lo so. So tutto! Tutto! Sono miei quei soldi. Miei!». E divincolandosi dai vicini che cercavano di calmarlo, si fece sotto a Primo, si sbottonò la patta e urlò: «Io ci piscio, sui vostri sacrifici del cazzo! È figlia mia, la mongolina. Figlia mia! E me la porto via io. Col cazzo che ve la lascio ancora, la mongolina!».

Erano quarantasei anni, a parte la scazzottata sul ponte del Diavolo a Torcello, che Primo non dava un pugno. Quarantasei. Fece partire un gancio. Uno solo. «Un candelotto di dinamite,» avrebbero raccontato i testimoni agli agenti «è stato come lo scoppio di un candelotto di dinamite.» Scaraventato indietro contro la ringhiera, la faccia insanguinata, Nevio incespicò, tentò disperatamente di riprendere l'equilibrio, guardò tutti con occhi sbarrati, lanciò un urlo e volò giù, nella tromba delle scale.

Quando il medico dell'autoambulanza si piegò a tastargli il polso, scosse la testa.

Il sostituto procuratore aveva un'aria distratta, una barbetta fina fina, risorgimentale, e una penna d'oro con la quale giochicchiava annoiato. Quando gli portarono davanti Primo, facendolo sedere su uno sgabello così piccolo che pareva un orso nel numero dei clown, non sollevò nemmeno lo sguardo dai documenti sui quali si mostrava affaccendato. L'agente di custodia, ogni tanto, tossicchiava. Era piccolo e grassoccio. E tossicchiò finché il magistrato non si decise ad alzare gli occhi: «Prego?». L'agente gli indicò con un cenno le mani del detenuto. Erano gonfie, enormi, bluastre. I polsi, larghi come boccali di birra, erano segati da manette troppo strette. Doveva stare malissimo. Ma non faceva un lamento.

«Mi fido?» chiese il giudice con gli occhi. La guardia assentì. Prese le chiavi, liberò il vecchio dalle manette.

«Cominciamo» sospirò il pm, iniziando a dettare: «Addì, 24 dicembre, innanzi al Pubblico Ministero Fratepietro Vito Michele, assistito per la redazione del presente verbale dal maresciallo Guerrera Angelo, è comparso Babich Giusto detto Primo, nato a Portole, Croazia, nazionalità italiana, il quale, invitato a dichiarare le proprie generalità e quanto altro valga a identificarlo, e ammonito sulle conseguenze a cui si espone se rifiuta di dare le proprie generalità o se le dà false, dichiara...».

E Primo raccontò tutto. Dall'inizio. L'adolescenza a Portole, la fuga in barca a remi da San Lorenzo a Bibione, le palestre di pugilato, gli anni al laminatoio, il matrimonio sbagliato della figlia, l'attesa ardente di due gemelle, la notte del parto, lo strazio della scoperta di quel maledetto cromosoma di troppo, la luna dietro l'olmo, il rifiuto di Valentina, l'irruzione notturna di Nevio, il falò di farfalle di stoffa rosa e fucsia a Punta Sdobba... Tutto. Per ore. Ogni tanto l'agente di custodia, che la notte prima si era incuriosito pietoso a quel vecchio dalle spalle gigantesche che piangeva silenzioso nella sua cella senza trovare pace tra spacciatori, papponi e rapinatori tossici, gli batteva la mano sulla spalla. Il maresciallo Guerrera, in crisi emotiva, fingeva continuamente di soffiarsi il naso. Il giudice, posata la penna d'oro, ascoltava ora attento, interrompendo il meno possibile.

«Voleva ucciderlo?»

«Non lo so...»

«Non posso farle mettere a verbale "non lo so". Sì. No.»

«Non lo so. Avevo sognato mille volte, di spaccargli la faccia. Ogni volta che Letizia guardava gli altri bambini in groppa al papà, sognavo di trovarmelo davanti e di spaccargli la faccia. E così ogni volta che ripensavo a mia figlia. A come l'aveva lasciata sola. Ai cavalloni che se l'erano portata via scaricandola sulla spiaggia di Lignano. Mille volte. Però...»

«Però?»

«Non lo so se l'altra mattina lo volevo ammazzare. Volevo solo che se ne andasse. Che ci lasciasse stare. Che si portasse via quel canguro troppo grande di peluche. Volevo che chiamasse Letizia, almeno una volta, con il suo nome.»

Il giudice si alzò, girò intorno al tavolo, si grattò la barbetta, tornò a sedersi. «La mando a casa. Col procuratore capo me la vedo io. Con la stampa anche. Poi, al processo, vedremo. *In dubio, pro reo.* Così mi hanno insegnato. L'omicidio volontario mi sentirei di escluderlo. Vedremo. Mi stia su.»

Uscì dal carcere che era ormai buio. Di là della strada c'era una macchina ferma. Era l'agente di custodia, che scese dall'auto e gli andò incontro sorridendo: «Mi chiamo Alfonso. La porto a casa».

Venne ad aprire la bambina. Aveva in mano, felice, un cangurino di peluche piccolo piccolo.

Indice

Finito di stampare
nel mese di ottobre 2007 presso
Grafica Veneta S.p.A. - Via Malcanton, 1 - Trebaseleghe (PD)

Printed in Italy